恋でせいいっぱい
UN265143

恋《こい》で せいいっぱい

きたざわ尋子《じんこ》

ILLUSTRATION：木下《きのした》けい子《こ》

恋で せいいっぱい

LYNX ROMANCE

CONTENTS

恋で せいいっぱい

「勢いってすごいなぁって、しみじみ思うわけですよ」

「そうだな」

初対面の相手を前に、なぜか胡桃沢怜衣《くるみざわれい》は愚痴《ぐち》をこぼしつつコーヒーを飲んでいた。

今日は月曜日で、現在時刻は午後三時。つい先日までならば、会社で当たり前のように仕事をしていた時間だ。

大学を卒業し、第一志望の会社に入ったのがいまから二年と三ヵ月前。

感情に身を任せて辞表を叩きつけたのが、かれこれ二ヵ月前――。

そして実際に会社を辞めたのが一週間ほど前のことだった。

「後悔してるのか？」

「辞めたことに関しては、全然」

「ふーん」

目の前にいるのは滅多に見ないような、というより二十四年強の人生で見たなかで一番の男前で、どういうわけか並びで座って同じようにコーヒーを飲んでいる。専門店顔負けの美味《うま》いコーヒーを淹《い》れたのはこの男だった。

向かいあわせでないから話しやすいというのもあるが、誰かに言ってしまいたかったというのもあったのだ。だから怜衣はさっきから身の上話をしている。

どうしてそんなことになったのか、と問われたら、偶然もしくはたまたま、としか言いようがない。

三駅先まで歩いて行こうとして、通ったこともない道を歩いていたら、たまたまガラス越しに椅子《いす》やテーブルやフロアスタンドが見えて、思わず足を止めた。いいなぁ、と思って眺《なが》めていたら、なかから人が――いまは隣に座っている男が出てきて、見て行かないかと声をかけてきた。買うつもりはないと、はっきり言った。だが見るだけでいいと言われて、店内に入ることを決めたのだ。

断らなかったのは、もともと家具やインテリアといったものが好きだったのもあるが、現実を忘れたかったというのも大きかった。好きなものを見て、触れて、気分転換をしたかった。

結果それは完璧に果たされている。こうして退職に関して語っていても、どこかすっきりとしている自分がいた。

「こらえ性がないって、思います？」

「状況がわからないから、なんとも言えねぇな」

「ですよね」

怜衣は薄く笑った。呆《あき》れるでもなく、無責任に励ますでもないその態度に、かえって好感が持てた。だからといって、これ以上のことを話すつもりもない。

手にしたカップをソーサーに戻すと、カチャリと小さな音がした。スモーキーなピンクのカップはいかにも日本の焼きものといった感じで、優しく手に馴染《なじ》んでいる。濃い色あいの木のテーブルにもぴったりだった。

「このカップ、いいですね」

「だろ？」

久しぶりに気分がいい。平日の昼間から、一生縁がないだろう高級なテーブルと椅子で、とびきり美味いコーヒーを飲めるなんて、かなりの贅沢《ぜいたく》だ。

「売りものですか？」

「私物だ。これは売れと言われても売らないな」

これは先頃亡くなった作家が焼いたもので、カップ類は習作としてしか存在しないのだという。そう説明されたら、いきなり手にするのが怖くなった。金を出せば手に入るものでないと言われれば当然だろう。

「そんな貴重なもの、通りすがりの俺に出さないでくださいよ」

「似合いそうだと思ったんだよ。器《うつわ》がいいと、余計に美味く感じるだろ？」

「充分美味いですって。カフェとかできるんじゃないですか？」

さぞかし流行《はや》るだろうと思いながら言うと、意味ありげに笑われてしまった。そうして彼――この店のオーナーだと言った男は、残っていたコーヒーを飲み干した。

この年――おそらく三十歳前後でオーナーだなんて、一体どういう人間なのだろうか。オーナーというのは、つまり社長ということだろう。興味はあったが、尋ねるほどではなく、怜衣は惜しむように残り少ないコーヒーを飲んだ。

小規模なマンションの一階と二階を使い、量産されてはいないらしい家具がセンスよく展示されているが、客は怜衣以外誰もいない。裏通りにあるし、いかにも高級そうで冷やかしの客は入りにくいだろうが、とにかく暇そうな店だ。

「ところで……」

カップを戻した彼は、おもむろに身体ごと怜衣に向き直って、少し身を乗り出してきた。

「な……なんですか」

「うちでバイトしてみないか？」

「はい？」

「無職なんだろ？　で、就職活動中」

「そうですけど……」

退社して一週間は、ぼんやりと無意味に過ごしてしまった。気が抜けてしまったのだ。週も明けたので、次の仕事でも探そうかとした矢先に、こんなことになっているのだが。

「次を見つけてたわけじゃねぇんだな」

「ええ、まぁ」

乾いた笑いが小さくこぼれた。

前の会社にいるあいだに、次を見つけようと考えたこともあったが、結局は動かなかった。同じように会社勤めをするか、まったく別の業種に飛び込んでみるか、といった葛藤《かっとう》があったからで、それは現在でも決着がつかずにいる。

特になりたい職業があったわけではなかった。辞めた会社にしても、雇用条件と通いやすさ、そして転勤がないことを考えていくつか受けたうちの一つだった。内定を何社かにもらい、そのうち一番よさそうなところを選んだだけだ。

「これっていうビジョンがないんですよね、俺。人生の目標とか、生き甲斐とかあるわけじゃないし。夢中になれるものがないっていうか」

「ずっとそうなのか？」

「わりと」

いまに始まったことではなかった。それは怜衣の性格的な問題もあったが、子供の頃から満たされてきたせいもあるだろう。

家族仲はよく、資産家というほどではなかったが余裕のある生活を送っていた。子供の頃から習いたいというものは習わせてもらったし、行きたい学校にも行かせてもらった。容姿にも恵まれ、成績は上の下といったところで、スポーツもそこそこできた。

満たされないのは、ほぼある一点だったと言っていい。

「人間関係も冷めてんのか？」

「身内は別ですけど……そうですね。深い付きあいの友人はいません」

それを冷めているというのならばそうなのだろう。なにも友達が一人もいないというわけではないが、たまにメールをやりとりしたり、誘われて大勢で飲みに行ったりという友達なのか知りあいなのかわからない相手が何人かいるだけだ。

理由はあるが、それをここで言うつもりはなかった。

「恋人は？　恋愛もそうか？」

「あー……うん、それもわりと最近は受動的というか、相手からアクション起こしてもらって、好意があれば付きあうというか……」

怜衣は遠い目をして乾いた笑いをこぼした。

人を好きになったことは何回かあるが、燃えるような恋というものはまだしたことがないし、恋が終わったときも、落ち込みはしても長く引きずることはなかった。ついこのあいだ一つの恋を終えたときは、やるせなさと怒りしかなかったが。

きっと本当の意味での恋愛はしていないのだろう。恋はしたかもしれないが、好意の延長と言われてしまえばそれまでだった。

「話が逸れたな。で、どうだ？」

一瞬なんの話かと思い、アルバイトのことだと気がついた。

「どうって……いきなり過ぎるでしょ。いつもこんなこと言ってるんですか」

「言うわけねぇだろ」

「じゃあなんで」

てっきり冗談だと思っていたらそうでもないらしい。少なくとも怜衣を見つめてくる目は真剣だったし、初対面の怜衣をからかって遊ぶ理由もないはずだった。

「顔だな。あとは物腰か」

「はぁ」

なるほど顔かと、思わず納得した。

昔から容姿はなにかと褒《ほ》められてきた。母方の祖母がフランス人なので、怜衣の外見にはそのあたりがはっきりと出ていて、髪は染めてもいないのに茶色だし、目の色も肌の色も薄い。彫りはそれほど深くないが、日本人の顔立ちでないことは一目でわかるようだ。顔立ちは派手な部類だろう。モデル顔だとか美形だとかいった言葉をよくもらい、人によってはチャラチャラしていると思うらしい。実際、不真面目そうだという先入観を持たれたことは何度かあった。意外に真面目だとか、見かけによらずちゃんとしている、などと言われたこともあるくらいだ。

容姿のおかげで得をしたこともあるが、社会人になってからは損をしたことのほうが多い。だから怜衣はここ半年ほど伊達《だて》メガネをかけていた。シルバーフレームの安いメガネだ。少しでも真面目そうに見えれば……と思ってのことで、いまもかけている。メガネがあると、声をかけられる頻度が多少は低くなるからだ。

「その顔で、品があるところがいい。どこぞの貴公子って感じだな」

「そんなこと初めて言われましたよ」

「ああ、いつもはご令嬢のほうか」

「なんでそうなるんですか」

意味がわからない。確かに男くささとは無縁の、中性的な顔立ちだという自覚はあるが、女性に間違えられたことは一度もない。身長だって平均はある。ただし、日本人の平均だが。

目の前の男は、平均を軽く十センチは上まわっていそうで、なんとなく悔しくなった。おまけに体格もいい。ひょろりとしているだけのそこらの青年たちとは違っていた。

男らしい肩のラインと長い腕、適度な厚みのある身体はきれいとしか言いようがなく、脚も日本人離れした長さだ。

おまけに顔も整っていて、大人の男の色気がある。

この男こそ、モデルでもやったらいいのではないだろうか。ステージに立ったら、さぞかし映《は》えることだろう。

「思わずエスコートしたくなるような雰囲気があるんだよな」

「は……？」

「まぁいいや。うちの営業は午後一時から七時。土日祝日は休みだ。バイト代は……まぁ、安くもないが高くもない、ってとこかな」

動揺する怜衣をよそに、あっさりと男は勤務内容の簡単な説明をした。

「え、六時間って、短くないですか？」

「趣味でやってる店だから、いいんだよ。だから俺にとって居心地がいいことが重要だし、気に入ったやつしか入れたくない」

「ああ、道理で商売っ気ないわけだ。納得」

収入源はほかにあるということらしい。そう思ってよくよく見れば、オーナーが身に着けているものはどれも高級そうだ。シンプルな開襟の白いシャツにジーンズという、きわめてラフな装いながら、服の生地がよさそうなのはわかった。腕にはめた時計は、以前知りあいが憧れだと溜め息をついていたブランドだ。

どうしたものかと思っていると、オーナーが不意に視線を流した。直後にドアが開く気配がした。音はしなかったが、外の音が大きくなったのと空気の流れを肌で感じた。

「いらっしゃいませ」

すっと立ち上がって接客に向かうオーナーは、特に態度や声のトーンを変えたわけでもない。怜衣と話しているときとまったく同じだった。

簡単な挨拶《あいさつ》を交わした相手は、五十がらみの男で、どこかの社長か役員かといった風情《ふぜい》だ。部下を一人連れていた。

ここにいていいんだろうか。落ち着かない気分で窺《うかが》っていると、オーナーはソファに客たちを促《うなが》し、商談を始めた。といっても確認程度のことだったが、漏《も》れ聞こえてくる単語と数字で、かなりの大口なのだとわかった。

どうやら避暑地に会社の保養所を建てたらしく、そこに入れる家具やインテリアを一括して発注しているようだった。

「なるほど……ああいう客をちゃんと捕まえてるのか……」

小さく呟《つぶや》いた声は、もちろん怜衣以外には聞こえない。

趣味と言っていたが、余裕があるのはそれだけでなく、ああいう客がいるからなのだ。口ぶりから、もう長い付きあいだということもわかった。

なかなかおもしろそうな店だ。繋《つな》ぎのアルバイトとしてはかなりいいかもしれない。勤務時間が短いから大した収入にはならないが、その分午前中は自由に動けるから、そこを就職活動に充《あ》ててもいいわけだ。

(うん……悪くない)

気持ちはすでに決まりつつあった。

焦《あせ》ることなく次の仕事について考えられるのはメリットだろう。家から徒歩二十分程度というのも魅力だ。就職先が決まったときに、すぐにでも引っ越せるように資金も蓄えたい。多少の貯金はあっても充分とは言えないからだ。

つらつらと考えているうちに客は帰っていき、オーナーが戻ってくる。

隣に座るか座らないかのうちに、彼は言った。

「考えはまとまったか？」

「一応……あの、返事の前に一ついいですか？　わりとどうでもいいことなんですけど」

「ああ」

「俺には最初からタメ口でしたけど、年下だとそうなんですか？」

　怜衣は面接を受けてきたわけではなく、一応は客だった。明らかに買うつもりのない客ではあったが、そんな冷やかしの客はいくらでもいるはずだ。

　この店の接客はフレンドリーが売りなのだろうか。それにしては先ほどの客には丁寧《ていねい》に接していたようだったが。

　そんなことを考えていたら、くすりと笑われた。

「すみません」

「本当にどうでもいいことだな」

「基本的に客には敬語だぞ。なんていうか……感覚的なもんだな。おまえの場合、一目見て店員にしたい、って思ったからだろうな」

「え、えー……」

　にわかには信じられず、疑いのまなざしを向けてしまう。少しばかり興味がありそうな顔はしていたかもしれないが、働きたいなどとは微塵《みじん》も思っていなかったのだ。

「マジで」

「いや、だって俺が普通に働いてたらどうするつもりだったんです？」

「そのときは、口説き落として転職させたかもな。言葉巧みに騙《だま》して」

「騙すのかよ」

思わず突っ込んでしまってから、はっと息を呑《の》んだ。客の立場ならばまだしも、これから雇われようという立場では失言になってしまうだろう。

やや焦っていると、男は気にしたふうもなく喉《のど》の奥で笑った。

「いいな、それ」

「はい？」

「仕事中は敬語で、プライベートではタメ口ってのはどうだ？」

「プライベートって……」

「飲みに行くときとか」

「ああ……」

どうやら何回かは酒を飲みに行かねばならないらしい。職場の人間になるとはいえ、彼は話しやすいので、かまわないかと小さく頷く。

別の心配はあるけれども、そこは自制すればいいことだろう。

「とりあえず、次の仕事が見つかるまでの繋ぎって感じでいいな？」

話を流されてしまい、本題に戻った。怜衣としても質問をしたわけではなかったので、まぁいいかと頷いた。

「少しのあいだ、お世話になります。あ、でも家具のこととか、よくわからないですよ。見るのが好きってだけだし」

「別にいい。好きなら興味のあることから覚えていけばいいんだよ。家具の材質だの工房だのは、書いてあるしな。上客は俺が対応するし。まぁ、茶を淹れたりとか、電話での対応とか掃除とか、そんなもんだ」

「それなら大丈夫……かな。あ、そうだ履歴書」

いつでも出せるように、バッグに入れておいた履歴書を差し出す。そのあたりは察しているのか、オーナーは意外そうな顔をすることもなく受け取った。

そういえばまだ互いに名前も知らないことに気がついた。店の名前は〈欅《けやき》〉だが、これは家具に使っている木の名前なのだろう。

「ふーん、胡桃沢っていうのか。ウォールナットだな」

「は？」

首を傾げると、コツコツとテーブルを叩く音がした。

「このテーブルがウォールナットだ。胡桃の木だよ。日本のじゃねぇけどな」

「はぁ……」

名前を見た第一声がそれなのかと、怜衣はなかば呆れた。さすがは家具店のオーナーだ。職業病というやつだろう。

「いい色だろ？」

「確かに」

深い茶色は重厚感があって、木肌も気持ちがいい。渋いと言おうか、落ち着いた雰囲気があっていいと思う。周囲をみまわすと、同じ材質でできたらしい家具が何点があった。

「個人的に一番好きなんだよな。桜もいいんだが……ああ、ちなみに俺の名前は桜庭《さくらば》だ。桜庭翔哉《しょうや》。お互いに木の名前が入ってるな」

「ああ……そう、ですね」

「運命を感じるな」

真顔で言われ、怜衣は困惑した。いまのは笑いどころだったのだろうか。あるいは同じテンションで、肯定すればよかったのだろうか。

迷った末、怜衣も真顔で返すことにした。

「松とか杉とか付く名字、山のようにいると思いますよ」

「俺の好きな木ってところが重要なんだろうが。お、二十四なのか。若いな」

「俺を若いっていうほど、桜庭さん年食ってないでしょ」

「年が明けたら三十だ。それよりその桜庭さんってのはやめろ」

ごく当たり前の呼び方をしたつもりだったのに却下を食らった。ではどうするのかと考え、怜衣はおずおずと口を開く。

「えーと、オーナー？」

「いいな、それ。じゃあ仕事中はそれで、プライベートは翔哉な」

プライベート云々の話はもう終わったものと思っていたのに、さらに呼び方まで指定されて面食らう。ただ怜衣には抵抗する理由が特にないし、言ってしまえばたかが呼び方あるいは口調だ。雇用者が望むのであれば、それでいいかと頷いた。

「さすがに呼び捨てはしませんよ。翔哉さん、でいきます」

「まぁ、最初はそんなもんだな。お……出身は北海道《ほっかいどう》なのか。札幌《さっぽろ》ね」

「はい。大学からこっちに」

高校までの学歴を見れば一目瞭然《いちもくりょうぜん》だ。家族はいまも札幌にいて、週に一度は電話やメールで連絡を取りあっている。

なんとなくそう告げると、翔哉はまぶしそうな顔をして笑った。

「家族仲がいいんだな」

「あー、はい。まぁ……」

「兄弟いんのか？」

「います」

「何人？」

「七つ上の兄が一人。あと、甥っこが一人」

「へぇ」

「バツイチなんです」

年の離れた兄は二年前に離婚し、いまは七歳の息子と実家で暮らしている。年に一度か二度会うだけなのに、甥は怜衣に懐いてくれているので可愛くてたまらなかった。

そんな話も翔哉は楽しそうに聞いていた。

「そういうの、いいよな。俺、家族も親戚もいねぇからさ」

「え？」

「唯一の身内は祖父《じい》さん……ここのオーナーだったんだけどな。三年前に死んじまって、マジで親族ってのがいねぇんだわ」

肩を竦《すく》める翔哉に悲壮感はないし、強がっているふうもない。だが家族の話を楽しげに聞いている様子からすると、気にしていないというよりは、天涯孤独の自分に慣れてしまっているだけ、というようにも思えた。

言うべき言葉が見つからず黙っているうちに、翔哉は履歴書に目を落としたまま言った。

「すげぇじゃん。富田《とみた》商事にいたのか」

「あ……はい、まぁ……」

苦笑しながら怜衣は身がまえた。退職理由を聞かれるかと思ったが、翔哉は興味なさそうに別の箇所を見ている。

内心ほっとした。

「運転免許あり……お、英語だけじゃなくてフランス語もいけるのか」

「祖母がフランス人なので」

「ああ……そういや、それっぽいな。髪も目も天然か」

「そうです」

「きれいだな」

ふたたび履歴書に目を戻しながら、さらりと告げる。その言葉に怜衣は固まった。

気負って言ったわけではなく、どこまでも自然に口にした感じだったのに、低くて深い声で言われると相当の破壊力だ。ほんの少し甘さを含む声なのもいけない。女性だったら——あるいは男でも、いまここで恋に落ちても不思議ではないと思う。

かくいう怜衣も少しどぎまぎした。並んで座っているのは幸いだった。

下を向いて困惑をやり過ごそうとしていると、不意に伸びてきた手にメガネを取られた。

「ちょっ……」

「なんだ、度は入ってないのか」

「取る前に言ってくださいよ。びっくりするでしょ」

「おしゃれメガネじゃねぇよな、これ」

言外に「ダサい」と言われたようなものだから、怜衣はムッと口を尖らせた。おもしろみもない安いメガネなので、当然と言えば当然なのだが。

「それは真面目くんアピールメガネです」

「なにおまえ、不真面目なの？」

「超真面目ですよ。けど、この見た目のせいでそう見てもらえないんです。だからちょっとした演出っていうか……」

見た目が派手なのは母方の祖母の影響が強く出ているからであり、怜衣自身のせいではない。けれども人はそう見てくれない。学生の頃は望みもしないのに女の子が寄ってきたり目立ったりするくらいですんでいたが、社会人になってから容姿で弊害が出るようになってしまった。曰く「チャラチャラしている」という色眼鏡《いろめがね》で見られるようになったのだ。

「なるほどな。まぁ、わからんでもねぇが、ここでは不要だな」

翔哉は手にしたメガネをテーブル上に置いた。ご丁寧にも怜衣の手が届かない位置にだ。別に取り上げられるわけでないだろうが、必要ないということを言いたいらしい。

怜衣は溜《た》め息をついた。

「チャラい店員でいいんですか」

「別にチャラくはねぇだろ。ナリだけ見てりゃ派手そうだが、雰囲気はそうじゃねぇしな。さっきも言ったろ、どこぞの貴公子みたいだって」

「貴公子って……」

「王子さまってよりは、貴族の坊ちゃんって感じだな。四男あたり」

「褒められてる気がしない……」

四男って、と口のなかで小さく呟き、溜め息をつく。さっき令嬢とも言われたことも思い出し、さらに苦笑がこぼれる。

どうやら翔哉に悪気はないらしく、くすりと笑って怜衣の頭をぐしゃぐしゃにかきまわした。

「とにかくあれだ。誰になに言われたか知らねぇが、おまえはチャラくねぇからメガネはなしだ。せっかくきれいな顔してんだからさ」

「……さらっと言いますよね、そういうこと」

「誰にでも言うわけじゃねぇぞ」

あやしいものだと思いながらも、怜衣は空気を読んで黙っていた。


成り行きでアルバイトを始めて今日で三日目。仕事は思っていた通り楽で、少々気が咎《とが》めるほどだった。

とにかく暇だ。客がいる時間よりもいない時間のほうがはるかに多く、昨日は売り上げがゼロだったし、客もそんなに来ない。大口があるので平均すればそれなりに売り上げているというが、どこま

で本当かわかったものではなかった。

怜衣の主な業務は掃除だ。床と、一部の家具を担当している。翔哉曰く「あまり繊細ではない」ものをやらせてもらっているのだ。そこに不満はない。高級な家具の価値を落とすようなことがあったら怖いので、むしろありがたかった。

そんな緩い職場に、いまは少しばかり緊張感が漂っている。顧客の紹介だとかで、新規の客が来ているからだ。

日本文化好きのフランス人夫婦だそうで、家具や内装を日本っぽく仕上げて欲しいという。あくまで「日本っぽく」なので、テーブルや椅子、そしてベッドなどの洋家具と、和箪笥《わだんす》や衝立《ついたて》などの和家具をミックスさせたいらしい。

怜衣の役目は通訳だ。先方も日本語のわかる者を連れてきているが、二人いるので話はかなりスムーズに進んでいた。

「ようするに、ベッドもソファも和っぽいものを、ってことみたいです」

「材質にこだわりは？」

翔哉の質問は向こうの通訳がフランス語に直して伝え、向こうの言葉は怜衣が日本語に直している、という形だ。齟齬《そご》があれば、通訳のあいだで調整をしているから、ニュアンスが違うということもなかった。

「できれば日本のものがいいそうです。赤みのある木に、黒い金属の取っ手や装飾がある家具……って、民芸調のあれですかね？」

「ちょっと待っててもらってくれ」

翔哉は席を立つと、すぐに一冊の本を持ってきた。カタログではなく、インテリア雑誌だった。そしてあるページを開いて見せると、夫婦は目を輝かせてこれだと頷いた。

結局、箪笥とテレビボード、いくつかの小物を夫婦のイメージしたものにし、あとは希望の木でシンプルなものを揃えるということに決まった。すべてを民芸調にすると視覚的にうるさい、というのが翔哉の意見だった。

商談は二時間ほどかかり、三人を送り出したときには閉店ギリギリだった。七月とはいえ、そろそろ外は薄暗くなっていたが、気温はまだ相当高かった。

「暑い……」

「実家のほうと比べたら、地獄みてぇだろ」

「まぁ、慣れましたけどね」

東京に来て六年以上たっていて、夏もこれで七回目だ。最初の年は泣き言も出たものだが、最近ではこんなものだと自然に思うようになった。

エアコンの効いた店内でコーヒーカップを片付けていると、翔哉は雑誌やカタログを片付け始めた。

「今日は助かった。見事なもんだったな」

「役に立ててよかったです」

三日目にして初めて仕事をした、という気分になれたので、ある種の満足感があった。達成感と言ってもいい。

実際に家具を搬入して設置するまで、あの夫婦と会ったり話したりする機会があるらしいので、そのときも頼むと言われた。

必要とされるのは心地いい。それがどんな理由でもだ。

鼻歌まじりにカップを洗っているうちに、店の明かりが落とされた。窓の外にはグリルシャッターが下り、入り口も施錠される。出入りは従業員用の扉があり、ビルの通路に出る形なのだ。

いま明かりがついているのは、怜衣たちがいる一角だけだった。

「今日、大丈夫なんだよな？」

「あ、はい。空けてありますよ」

歓迎会をするからとあらかじめ言われていたので、この後の予定はない。というよりも、怜衣には夜の予定なんて入らないのだ。空けたと言ったのは見栄だった。

これでも数ヵ月前までは、予定はいろいろとあったものだ。残業はあったし、恋人との約束も週に一度は必ずあった。

いまは夜が長くて仕方ないけれども。

「どんな店ですか？」

一階の明かりを弱い間接照明だけにして、翔哉は二階へ上がっていく。無言で手招《てまね》きされ、後をついていった。

　店の二階には、キッチンカウンターからダイニング、そしてリビングを再現したようなスペースがある。それ以外にベッドやチェスト、書斎や玄関まわりに置くようなものなどが展示されていた。このキッチン設備が実際に使えると知ったのは今日のことだった。

「場所はここ」

「は？」

「バー〈欅〉開店だ」

　冗談だと思って呆れていたら、翔哉はどこからか食材を出してきて料理を始めた。壁だと思っていたところを開けると冷蔵庫があるらしい。同様に壁だと思っていた扉の向こうには、何種類もの酒やグラスがしまわれていた。スライド式のそれらを開けると、一気に雰囲気が変わる。静かな音楽をかけたら本当に店のようになった。

「なんだこれ……」

「気まぐれ営業なんだよな」

「って……客なんか来るんですか？」

「タメ口」

「あ……うん。えーと、営業ってことは客がいるってことだろ？　でもバーの看板なんてないし、入り口閉めちゃったし……そもそも気まぐれってなに」

「文字通り。気が向いた日にやって、客にはメールで知らせる。一人に言えば、あとはそいつが適当に広めてくれるんだよ」

話しながらも翔哉の手は止まらない。見事な包丁さばきに呆気に取られた。六年以上自炊をし、恋人にも褒められていた怜衣だが、確実に翔哉のほうが上手いと断言できる。

この男に欠点や弱点はないのだろうか。聞けば学生時代は数々のスポーツに明け暮れ、いまもジム通いは欠かさないというからスポーツもできるのだろうし、卒業した大学もレベルが高いところだった。顔もスタイルもよくて、性格だって悪くない。まだ数日の付きあいだし、人を見る目に自信はないから断言はできないが、いまのところまったく翔哉の問題点は見つかっていなかった。

「常連しか来ないってこと？」

「ダチとか後輩のたまり場って言ったほうが正しいな」

「金取ってんの？」

「酒はな。食いものはサービス。というか、俺の晩メシついでに大量に作って食わせるって感じか。あと残りもんと」

「どんなシステムだよ……」

怜衣は呆れて作業をただ見つめていたが、突っ立っているのもどうかと思い、手伝うために翔哉のそばへ行った。

「なにすればいい？　あ、いまってプライベートでいいの？」

「残業したいってならバイト代出すけど、今日は客だな。言ったろ、歓迎会だって。適当に好きなもん飲んでていいぞ。そういや、酒は飲めるのか？」

「そこそこ」

弱くはないが強くもないといったところだ。ただし限界は知らない。飲みに行っても、最初にビールを飲んで、あとはサワー類を二、三杯飲む程度だからだ。

手伝うこともなさそうなので、怜衣はウイスキーを炭酸で割ったものを手に、カウンターに座った。

翔哉の手元がよく見えた。

「プロみたい」

手さばきを見て、つくづく思った。この見た目と性格で本気で飲食店を開いたら、常連になる女性は多いことだろう。

調理を始めて三十分もしないうちに、怜衣の目の前にはいくつもの皿が並べられた。豚の角煮にタコのカルパッチョ、サラダ代わりだという生春巻きに、唐揚げ。シメには炊き込みご飯とアサリの吸いものがあるから加減して食べろと言われた。午前中に仕込みをしたり、あらかじめ作っておいたものもあったらしいが、充分に早いだろう。

「居酒屋みたいなメシで悪いな」

「こういうの好きだよ。特に唐揚げと炊き込みご飯」

自分で作るのは適当なものばかりで、きちんと一汁三菜を作るわけではない。なにかを適当に焼いたり煮たりして、それを白米の上にかけて食べる……という程度の料理なのだ。

翔哉は日本酒を持って隣に座った。冷やで飲むつもりらしい。

「じゃあ、乾杯だな。ようこそ〈欅〉へ。できれば末永くよろしく」

「……先のことはわからないけど、とりあえずよろしくお願いします」

グラスをあわせ、料理を突《つつ》き始める。見た目通りに美味くて、しかも洗練されていて、家庭料理の範疇《はんちゅう》ではなかった。

静かに飲んでいると、急に階下から声が聞こえてきた。

「こんばんはーっ」

若い男の声だった。ぎょっとして箸《はし》を止めた怜衣に、翔哉は「客」と端的に言い、気にするそぶりも見せず酒をあおる。立ち上がる様子もなかった。

そのうちに数人がぞろぞろと姿を見せた。いずれも二十代なかばから後半といったところで、服装や雰囲気はバラバラだ。スーツ姿の者もいるし、アロハシャツを着ている者もいる。髪も黒かったり金髪だったりだった。

「一週間ぶりの開店ですね」

「うおー、いい匂い」

「なんか美人がいる。紹介するって、その子？」

騒がしい面々に呆気に取られた。最後のセリフは明らかに年上だろう男が口にしていたが、二十代もなかばの男をつかまえて「美人」や「その子」はないだろうと思った。

「うるせぇぞ。もう少し集まったら紹介してやるから、おとなしく飲んでろ。今日は十五人だ」

「多いっすね」

「そりゃそうだよ。翔さんが『今日は紹介したいやつがいる』なんて書いてきたら、来なきゃって思うじゃん」

一番先に二階に上がってきた青年が嬉《うれ》しそうに言う。まるで大型犬のようだ。翔哉という飼い主の前で勢いよく尻尾を振っている幻影が見えた。

「いいから座れ」

静かな声なのに、どこか威圧感のようなものがあって、騒がしかった男たちはそれぞれに椅子に座った。すべて売りものだが慣れているのか躊躇《ちゅうちょ》する様子はない。カウンター席はあと三つ空きがあるのに、誰も座る者はいなかった。

「今日はセルフだ。適当にやってろ」

「了解っす」

「翔さん、メシ食っていい？　超腹減ってんだけど」

「ああ」

六人掛けのダイニングセットと二人用のカフェテーブルに分かれて、四人の男たちは適度にばらけて飲み食いを始める。

不思議な光景だ。ここは家具店で、椅子もテーブルもすべて売りもののはずなのに。

「面食らってるな」

「そりゃそうでしょ。突っ込みどころ満載だよ」

「来る予定のやつが揃ったら紹介するが、おまえはこいつらのこと覚えなくてもいいからな」

「ひでぇ翔さん！」

外野からの声に応えることはなく、翔哉は怜衣のために新しい酒を用意した。今度は甘めの酒を炭酸で割ったものだ。

客たちはこちらを気にしつつも、おとなしく飲み食いをしていた。少しばかり騒がしいが躾《しつけ》がきちんとされている犬、といった印象だ。

それから間もなくして、次々と客がやってきた。十五人というのはさすがに多く、置いてある椅子すべてが埋まってしまった。

全員がそれぞれのグラスを手にしたところで翔哉は怜衣を見た。それから客席になっているほうを振り返る。

「うちの従業員になった怜衣だ。バーの店員じゃねぇから必ずいるってわけじゃないだろうが、覚えておいてくれ」

「いいっすね。一気に華やかっつーか、明るくなりますね」

「翔さんとは別タイプのイケメンじゃん」

「いやイケメンってよりも美人じゃねぇ？」

わいわいと囃《はや》し立てる客たちに怜衣は戸惑うが、翔哉はむしろ満足げにグラスを傾けている。当たり前のように男に対して「美人」という言葉を使う彼らに違和感は覚えていないようだった。

やがて怜衣の様子に気付き、翔哉はくすりと笑った。

「うるせぇだろ」

「あー……いや、うるさいっていうか……」

「ウザかったら無視していいし、なにもしてやらなくていいからな」

「お客さんなんだよね？」

「一応な。今日はほぼ全員揃ってるか……いつもはこの半分くらいなんだけどな」

翔哉はぐるりと客たちを見まわして苦笑した。

「友達と後輩って言ってたけど、高校の？」

「あー……まぁ、高校って言や高校なんだが……あれだ。校外活動のな」

「校外活動？」

きょとんとして首を傾げると、なぜか「可愛い」という声が飛んできて、怜衣は心底理解できなかった。

言われたことがないわけじゃない。ただしそれを言うのは常に異性だった。もちろん女性がなにかと口にする「可愛い」であって、深い意味はなかったのだろうが。辞めた職場でも、一日に一回は誰かに言われていたものだった。

「可愛くはないでしょ、さすがに……」

「そうか？」

「翔哉さんまでなに言ってんの。じゃなくて、校外活動の話だよ」

話を戻すと、翔哉は小さく舌打ちした。どうやらうやむやのうちにごまかす心づもりだったようだ。

つまり都合が悪い話、ということだろう。

「ヤバい関係？」

「若気の至り」

「って……ああ、もしかして不良さんだったとか？」

翔哉やほとんどの客は、そんな雰囲気を微塵も感じさせなかった。三人ばかり、いかにも水商売といった感じの者はいるが。

「不良さんって、ずいぶん可愛い言い方だな」

「違ったらごめん」

「いや、まぁ世間で言うところの不良だったと思うよ。意味もなく学校行って、夜中まで夜の街をふらふらしてつるんでケンカして……って感じだったからな」

「へぇ」

納得してしまった。つまり敬語で話す客たちは、単純な学校の後輩というわけではなく、手下のようなものなのだろう。親しげではあったが、どこかへりくだっているように思えたわけだ。

「引いたか？」

「それはないよ」

昔の話だし、若気の至りだと翔哉も言っていた。むしろ高校生のときの仲間と、いまもこうして頻《ひん》繁《ぱん》に会っているというのは、少しばかり羨《うらや》ましかった。東京と北海道という距離の問題もあるが、高校の友達とはあることで精神的な距離ができてしまい、たまのメールくらいでしか接触がないのだ。

「あのー」

特に声をひそめることなく話していると、おずおずと声をかけられた。振り向くと、怜衣と同じ年くらいの金髪の青年が挙手していた。

「なんだ？」

「怜衣さんって、つまり翔さんの恋人なんですか？」

思わず噎《む》せそうになったが、なんとか回避する。問いかけた青年の目には嫌悪も侮蔑《ぶべつ》もなかったが、つい身がまえてしまう。

否定の言葉を口にするより早く翔哉は言った。

「そうなる可能性は高いから、こいつには手は出すなよ」

「は？」

「おおー、ついに翔さんが……！」

「よし乾杯しよう！」

「気が早ぇって。いやでも、頑張ってください」

どよどよと客たちが騒ぎ出すが、あるのは単純な驚きと不思議なほどの明るさだった。酒の席でのノリにしても、あまりに自然な雰囲気だ。

怜衣はまじまじと翔哉を見つめる。

冗談にしても人前であんなことを言える人がいるのかと、結構驚いてしまった。盛り上がっている客たちも同様だ。

このなかに誰か、同性愛者がいるのだろうか。それともバイセクシャルか。

翔哉は特別なことはなにもないといった顔で酒を飲んでいた。かといって真剣というわけでもなかった。ここではこの手の軽口が当たり前なのかもしれない。

一人で身がまえているのも馬鹿馬鹿しくなり、怜衣もグラスを傾けた。すでに食事はすんでいて、箸は置いたままだ。

怜衣の紹介が終わって一息つくと、次々と客たちが怜衣に話しかけてきた。どうやら順番はこの集団のなかでの序列によるらしく、最初の何人かは翔哉を同列に扱っているようだったから、これが彼の言う友達なのだとわかった。残りの十人ほどは後輩らしい。大型犬の後輩などはキラキラした目で翔哉を見ていて、かなり心酔しているらしいとわかった。

両手をしっかりと握られ、翔さんをよろしくと言われたときはかなり困惑したが、歓迎会という名の飲み会がかなり楽しかったことは間違いなかった。

勧められるままに飲んで、話して笑って、それがいつまで続いたかはわからない。

自分の酒量の限界をとっくに超えてしまっていたことも、当然気付いていなかった。


目を開けて天井を見つめ、やけにいつもより高くて白っぽいな、とぼんやりと思った。だがそれだけだった。すぐにどうでもよくなって、まぁいいかと目を閉じた。

ごろんと寝返りを打ち、枕に顔を埋めた。だがここでまた違和感を覚える。

やけにふかふかだ。肌触りもいい。なんでと思いながら目を開けると、見たことのない壁の絵が目に飛び込んできた。

「っ……！」

息を呑んで上体を起こし、慌《あわ》てて周囲を見まわす。

広い寝室だった。怜衣のワンルームマンションの倍近くありそうだ。そのわりにものが少ないが、殺風景というよりはインテリア雑誌の一ページを飾るような空間になっている。

「……ああ……」

部屋に置かれたサイドテーブルやダストボックスといったものを見て、ここが誰の部屋かわかってしまった。

これはどう考えても翔哉の部屋だろう。彼の趣味がよく出ている。たった数日の付きあいだが、そのあたりはもう理解しているつもりだった。なぜならば怜衣の趣味とぴったりあうからだ。

溜め息をつきながらベッドから下りようとして、自分の格好に唖然《あぜん》とした。

大きめの白いシャツをざっくりと着ているのみだったからだ。もちろん下着はつけているが。

「え、いや……これ……」

誰が脱がしたんだとか誰が着せたんだとか、そもそもどうしてシャツだけなんだとか、いろいろと疑問は浮かんでくるが、最も重要なのはこれを着るまでになにがあったのか、ということだ。なにもないのが一番だが、酔って記憶が飛んでいる時点で、なにもないことにはならないだろう。

「……たぶん、大丈夫……うん」

最悪の事態には陥っていないはず、と小さく頷く。身体に残るのはかすかな頭痛だけで、これは酒のせいだ。人に言えないような場所に特別な感覚はないし、胸元を覗き込んだ限りではキスマークのようなものもついていなかった。

「よし」

意を決して立ち上がり、静かに寝室を出る。ひんやりとした床が心地よかった。ベッド脇にスリッパが置いてあったことを思い出したが、このままでいいかと突き進む。

物音のするほうへ行くと、リビングルームらしきものが見えた。開け放してあるドアをくぐると、ソファで翔哉が新聞を読んでいた。

「起きたか」

「おはようございます……泊めてもらってすみません」

「いや。気分は？」

「ちょっと頭が痛いくらいです」

「ふーん、ちょっとか。あれだけ酔ってたわりには軽症だな」

胃もムカムカしているが、そこまで言わなくてもいいだろう。服を着て、急いで帰って、もう一度寝ようと思った。

その前に、どうしても確かめなくてはならないことがあった。

「……えーと……」

「ああ、なにもしてねぇから安心しろ。気になってるんだろ？」

「別にそういうわけじゃ……」

ほっとしているのを気付かれないように苦笑してみせ、怜衣はキッチンに目をやった。なかなか立派なシステムキッチンだ。

断ってから水をもらい、胃に入れると少し頭がすっきりとした。

「あの、俺の服は？」

「洗濯中」

「え？」

「吐いたやつかかってたから、上下とも」

「マジでっ？」

別の意味で最悪の結果だったらしい。青くなればいいのか赤くなればいいのかわからなかった。

「すみませんでしたっ！」

とにかく謝罪をしなければと、土下座をする勢いで頭を下げようとしたが、寸前でぽんぽんと肩を叩かれた。

「一応、うがいさせてシャワーも浴びさせといた。パンツは新品。不可抗力でいろいろ見たし、触ったけどな、性的な意味では触ってねぇから」

「も……申し訳ありませんでした……」

これはもう平謝りするしかないだろう。なんという醜態《しゅうたい》だろうか。目の前にいる男は、どう考えたって、酔っぱらいの後始末をさせていい男じゃないのに。

だが当の本人は楽しげに目を細めて笑っていた。

「ま、気にすんな。役得だったから、俺としちゃチャラだ」

「はい？」

「きれいな身体、見放題だったし」

「な……なに、言って……」

男の身体なんて見ても、普通は嬉しくないはずだ。それとも翔哉はゲイかバイなのだろうか。昨夜の「冗談」が脳裏を過《よ》ぎったが、問いかけることはできなかった。答えを聞いたら余計に困りそうな気がしたからだ。

「ちなみにここは、店の上だ。最上階を独り占めしてる。贅沢だろ」

「う……うん……」

「まぁ、こっちに来て座れよ。あと、言葉使いな。いまはプライベートなんだからさ。それで、メシはどうする？」

「無理っぽい」

頭も痛いが、どことなく気持ちも悪いのだ。とてもなにか食べるなんてことはできそうもない。いまは水が一番ありがたかった。

「それよりなにか着るもの……」

「罰としてそのままな」

「さっきチャラって言ったくせに」

「それも含めて、チャラだよ。いいから、座れ」

言われるままにソファに近付いていくと、翔哉は自分のすぐ隣をぽんぽんと叩いた。間を空けずに座れと言っているのだ。

負い目があるので、仕方なく言われた通りにした。自分の格好がひどく心許なくて、つい脚をぴったりと閉じて座ってしまった。女の子は大変だ、なんてどうでもいいことを考えながら。

なにか話でもあるのかと身がまえるが、いつまでたっても翔哉は口を開かない。ただ怜衣を見るだけだった。

それが不快かと言われれば否だったが、間が保《も》たないのも事実だ。

たまらず自分から口を開いた。

「あのさ……昨日俺、なにかほかに醜態さらした？」

「醜態っていうか、媚態《びたい》？」

「な、なにそれ……」

聞き違いかと思って黙り込んでいると、翔哉はもう一度「媚態」だと言った。

「とろーんと色っぽい顔して、かなりヤバかったんだよ。フェロモン垂れ流し。もう外で飲むなよ。お持ち帰りされるぞ」

「いやいや、ないから」

「謙遜《けんそん》か、それとも無自覚か？」

「どっちでもないけど……」

「言われたことねぇのか？」

「酒は飲めないことにして、避けてたから」

大学のときは興味がないと言ってコンパの類いを断り続け、そのうち付きあいの悪いやつだという評判が立って誘われなくなった。ゼミの飲み会も、会社でのそれも、酒は飲めないのだと言って舐《な》める程度ですませてきたのだ。

恋人と二人だけのときは酔ったこともあったが、特になにも言われたことがなかった。だから翔哉の言うことは冗談にしか聞こえなかった。

「それより、ほかになにか……」

「ほかかね。まぁ、いろいろと言ってたな。ストレス溜まりまくってたんだな」

「な、なに言ったっ？」

「いろいろ。俺とうちの店の愚痴はなくてほっとしたわ」

ようするにほかのことで愚痴は言ったらしい。初対面のときもさんざん言ったから、また同じことを繰り返したのかもしれないが、気がかりなことはあった。

怜衣には翔哉に言っていないことが山ほどあるのだ。もしかしてそれを、とも考えたが、翔哉の態度は昨日までとまったく変わっていなかったから、大丈夫そうだと安堵《あんど》した。

気がつけば会話は途切れ、またじっと見つめられていた。

視線だけ翔哉に向け、無言でまた「なに」と問うと、大きな手が伸びてきて寝癖のついた髪を撫でてきた。

「今日はここでゆっくりしてろ。あるもの適当に食っていいし、なんだったら好きに作っていいぞ」

言い置いて翔哉は店へ行ってしまった。

時計を見ればすでに正午を過ぎていて、怜衣は深く溜め息をついた。

置いていかれた鍵を見ながら、ソファに倒れ込むようにして寝そべる。少しざらっとしたレザーの感触が心地よかった。

そのまま少し休んでから、洗面所を探してリビングルームを出た。部屋は寝室のほかに一つあったが完全な空き部屋だった。二つ目に開けたドアが洗面所で、洗濯機はもう止まっていた。乾いた服をいそいそと身に着け、わかりやすいところに置いていてくれていた自分のバッグを持って部屋を出る。もちろん施錠は忘れなかった。

「……そうか、家賃収入？」

下が店舗で最上階が住まいとくれば、このビルのオーナーという可能性が高い。収入は別にあると言っていたからそういうことなのだろう。

納得しながらエレベーターを呼び、一階まで下りる。そこで怜衣は初めてこのビルが十階建てだということを知った。

従業員用の入り口から事務室に入り、店内の様子を窺った。客はおらず、翔哉が家具の手入れをしているところだった。

「遅くなりました」

「お？　寝てていいんだぞ」

「いや、さすがにそれはどうかなと思うんで」

二日酔いで仕事をサボるわけにはいかないし、これ以上翔哉に迷惑はかけたくない。頭が痛くて胃のあたりも気持ち悪いままだが、接客以外のことはできそうな気がした。

「……じゃあ、二階の奥よろしく」

「はい」

ゆっくりと――というよりも重い足取りで二階に上がり、昨日の大騒ぎが嘘のように片付いていることに気付いた。なんでも片付けまで客にやらせているらしい。客たちは翔哉を慕って集まっているから、かなり積極的にやってくれると昨日説明を受けた。まだその話を聞いていた頃は意識もしっかりしていたのだ。

奥はベッドやサイドテーブル、ライティングデスクなどが置いてあり、ベッドもモダンなものからアンティーク調、和風のものまであった。ベッドは十台近くありすべてにマットレスが載っている。セットになっているものから、フレームが別売りのものなど様々だ。カタログを見ての注文も可能だそうだ。

フレームを拭いて一息ついた。下を向いていると気持ち悪さに拍車がかかり、いちいち休まないと作業ができないのだ。

「最悪……」

「やっぱ休め」

いつの間に来ていたものか、翔哉が背後から声をかけてきた。一階はいいのだろうかと思ったが、客が入って来ればわかるからいいらしい。

「大丈夫です」

「いや、全然大丈夫そうじゃないんだが。鏡見ろ。真っ青だぞ」

「……見たくないです」

確認したら最後、さらに具合が悪くなりそうな気がした。だから壁の大きな鏡を示されても視線は絶対にやらなかった。

「とりあえず少し横になってろ。そこでいいから」

「え？　こ……ここ？」

指し示されたのは売りもののベッドだ。客が寝心地を確かめるために横たわるならともかく、従業員が休憩するのはどうかと思った。

「上は滅多に来ないし、フリーの客も少ないしな」

翔哉は怜衣をベッドに座らせ、靴を脱がそうとする。

慌ててその手を押しとどめた。

「じ、自分でっ」

短い付きあいながら、翔哉がこんなときに折れないのはわかっていた。かなり気分がよくないこともあり、ここは言葉に甘えて横になることにする。

靴を脱いで横になると、確かに少し楽になった。しばらく休めばなんとかなりそうだ。

「ここに置いとくからな」

サイドテーブルにスポーツドリンクを置いて翔哉は階下へ行ってしまった。大きな物音はしないが、下で翔哉が動いているのが気配として伝わってくるような気がして、ひどく安心した。遠くに感じる人の気配が心地いい。

目を閉じ、しばらくその心地よさに身をゆだねることにした。

ぼんやりと目を開けて、ずらりと並ぶベッドを見たときは凍り付きそうになった。

眠ってしまった。ほんの少し目を閉じて横になるだけのつもりだったのに、意識は完全に落ちてしまったらしい。五分程度ならばいいのに、と思いながら店内の時計を見て、怜衣はさらに固まった。

午後五時をまわっている。二階には窓がないから外の様子はわからないが、ゴロゴロと雷が鳴っているのが聞こえてきた。

少し休むだけのつもりだった。休んで気分がよくなったら仕事の続きをするつもりだったのに。

慌ててベッドを下りようとして、身体に毛布が掛けられていたことに気がついた。

「ああ……」

至れり尽くせり過ぎて、泣けてくる。感激ではなく、自分への情けなさで。

怜衣は毛布をたたみ、ペットボトルを持って静かに階下へと下りていった。どうやら客はいないようだった。

外は真っ暗だ。いまにも雨が降り出しそうで、道行く人の足も速い。

翔哉は店の入り口を閉めて戻ってくるところだった。

「おはよう」

「……二度目ですけど」

やや自虐的に返すと、翔哉は声を立てて笑った。

「とりあえず、二階に行こうぜ。今日はもう店じまいだ」

「え？」

「入って来たとしても、雨宿りの客だろうからな」

促され、下りてきたばかりの階段を上がっていく。今日はカウンターではなく、カフェテーブルを挟《はさ》んで座った。

「コーヒー飲むか？」

「いえ、これで」

「タメ口。もう終業時間外だ」

翔哉は変なことにこだわって、椅子にゆったりと座った。妙に機嫌がいいように思えて、怜衣は首を傾げる。

ここは就業時間中に売りもののベッドで寝たアルバイターを叱《しか》るところではないだろうか。

「あの……」

「おかげさんで二十万のマットレスが売れたから」

「は？」

話について行けない。高いマットレスが売れたのはいいことだが、それがなぜ怜衣のおかげになるのか。

翔哉の指が、すっと問題のベッドを差した。

「あれ、おまえが寝てたやつ」

「え、二十万するのっ？」

「展示用だからそれは別にいいんだけどさ。おまえが寝て、わりとすぐにちょうどお得意さんが来たんだよ。そしたらマット欲しいって言うし、シャレの効く人だってわかってたから、そのまま連れて行って、これですって」

「な……なにやってんだよ！」

「隣で寝てても振動が伝わらないってのが売りだから、ちょうどよかったというか。おまえが寝てる横をさんざん押したりしてたけど、爆睡してたしな。身体も動いてなかった。で、じゃあこれで……って注文してってたんだよ」

言葉も出ないとはこのことだろう。どこの世界に従業員が寝たままのベッドを前にセールストークを展開するオーナーがいるのだろう。いや、翔哉に呆れている場合ではない。なによりも自分に呆れてしまう。隣でマットレスを押したりしゃべったりしてるのに、ぐーぐーと寝ているなんてありえないことだ。

「うわぁ……」

怜衣は頭を抱えてテーブルに突っ伏した。穴があったら入りたかった。

社会人として、という以前の問題ではないだろうか。ここ最近の自分は自覚していたよりずっとダメな人間だと思い知らされ、気分がずぶずぶと落ちていく。せっかく体調的な意味での気分はよくなったというのに。

「まぁ、とりあえずおまえはもうあんまり飲むな」

「……はい」

まったくもって同意見だった。昨夜ははめを外しすぎた。気が緩んで、警戒心が溶けてしまって、常にないほどアルコールを口にしてしまった。

反省を胸に唸《うな》っていると、翔哉はさらに追い打ちをかけてきた。

「で、最低な男のことなんかはさっさと忘れちまうに限るな」

「っ……!」

がばっと顔を上げて翔哉を凝視すると、ひどく優しい顔をして怜衣を見つめていた。

冷や汗が流れる錯覚を起こし、すぐには言葉が出てこなかった。

てっきりたいしたことは言っていないのだと思っていた。翔哉の態度があまりにも自然だったから勝手にそう思ってしまったのだ。

「な……なにをどこまで……」

「上司に二股かけられて、女のほうが妊娠したんで結婚することになって捨てられた……って言ってたぞ」

「そ、それだけ？」

「あとは、その後の上司の態度が最悪だったってことだな」

「ああ……」

そう、別れ話だけならば、別によかったのだ。ショックはあったが、そもそも二股をかけられたことが発覚した時点で怜衣は別れるつもりだったし、先に言い出したのがどちらかというだけの問題だった。

だが上司は最低なことに、勝手に怜衣を疑った。関係をバラすつもりはなかったし、結婚相手や上司に対してなにかするつもりも当然なかったというのに。

「恨んだり、憎んだりしなかったのか？」

「その時点では、まったく」

相手が女性なら、仕方ないとさえ思っていた。ただの部下と上司に戻って、少し気まずいけれども仕事のみの関係を続けるのだと心に誓ってさえいた。

「冷静になって考えたらさ、好きだとは言われたけど、俺だけみたいなことは言われたことなかったんだ。一番とも言われなかった。本命がいたんだから当然だったんだけど」

変なところで嘘はつかなかったわけだが、それを美徳だとは思わない。もちろん嘘うわべだけの言葉など欲しくもなかったが。

「許せなかったのはさ、あの上司が俺のこと、これっぽっちも信じてなかったことだよ」

彼は保身しか考えていなかった。おとなしく身を引こうとしていた怜衣に、「僕とのことを公言したところで、みんなは僕のことを信じるはずだよ」だの、「君はいかにも遊んでる感じだからね」だの、人格を否定するようなことを口走ったのだ。

「それはまた……」

「らしいって言えば、らしいんだけどね」

慎重で、保身を第一に考える彼らしい言動だった。先手を打ったつもりだったのだろうが、怜衣にしてみればわずかに残っていた彼への好意を粉々に打ち砕く言葉だった。

怜衣の身持ちが堅いことくらい、知っていたはずだったのに。派手な外見を裏切る真面目さと一途さが可愛いと、かつては言っていたのに。

「で、頭に血が上っちゃって、すぐ辞表を書いたんだ。で、その辞表で上司の横っ面をひっぱたいてやった」

もちろん第三者のいないところでだ。翔哉と会った日に、勢い云々言っていたのはそういうことだったのだ。

一通り話を聞きながら、翔哉はしきりに喉の奥で笑っていた。

「いやぁ見たかったわ、その場面」

「翔哉さん……」

「格好いいじゃん」

「どこが。カッとなってやっただけだろ。みっともないよ。なにが情けないってさ、それだけのことしたのに、会社の都合とかいろいろで、それから二ヵ月も同じ部屋であいつと働かなきゃいけなかったことだよ」

そのあいだに上司は入籍し、部内でささやかな飲み会まであった。式が出産後だというのは幸いだった。出席しなくてすむからだ。部下のなかで最も目をかけられていた怜衣が出席しないとなったら、周囲は訝《いぶか》しんだことだろう。

「……ほかになにか言った？」

「言ったな。上司以外にも過去に二人の男と付きあって、どっちも女のほうがよくなって捨てられた、って」

「ああ……」

昨夜の自分を罵《ののし》りたくなった。どこまでベラベラとしゃべれば気がすむのだろうか。自分のことながら腹が立ってきた。

酒は控えようと思った。乾杯に付きあうくらいにしようと。

怜衣がひそかに決意していると、さらりと髪を撫《な》でられた。あえて顔は上げない。いまはとても翔哉の顔を見ることなどできなかった。

「このタイミングでどうかと自分でも思うんだが……おまえが好きなんだ。俺と付きあわないか？」

「……はい？」

さすがに顔を上げてしまったが、頭にある手はそのままだった。それどころか大きな手が耳もとまで滑ってきて、ざわりと変なふうに肌が騒いだ。

「フリーなんだろ？」

「そ……そうだけど……いやでも、待って。翔哉さんって、男いける人だったの？」

「らしいな。男に欲情するなんて一度もなかったんだけどさ、おまえの裸見ても萎《な》えなかったから、いけるんじゃやねぇ？」

「そんな曖昧《あいまい》な……」

無意識に苦笑が漏れた。実際、怜衣は苦い思い出を蘇らせていた。顔だけなら怜衣は同性相手にでも嫌悪感を抱かせないタイプだと自覚している。身体だってその延長みたいなものだろう。体毛も薄いし、主張するような筋肉がついているタイプでもない。

「気のせいだと思うよ？」

「人の告白を、気のせいで片付けるのはどうかと思うぞ」

「それは……そうなんだけど……」

「まぁ、二の足踏む気持ちもわかるけどな。別れたばっかりってのもあるだろうし」

「ばっかり、でもないけどね。二ヵ月以上前のことだし、もうなんとも思ってないし」

退社までの二ヵ月ものあいだ、上司は常に怜衣の顔色を窺っていた。彼は保身に余念がないので、周囲に気取られるような下手は打たなかったが、怜衣は内心何度も溜め息をついたものだった。仕事ができて頼りがいがあって優しくて……と思っていた頃が少し懐かしいと思ったくらいだ。それくらい上司は情けなかった。

怜衣はじっと翔哉を見つめる。この人なら、という期待感は確かにある。好意はあるし、それが恋に育ちそうな予感もある。

だが簡単に受け入れることはできそうもなかった。三度の失恋は、怜衣を尻込みさせるには充分だった。三度も四度も同じ……だなんて開き直ることはできなかった。

まして翔哉はこれまで男と付きあったことがないという。過去の三人と同じように。

「あの、やっぱり……」

「待った。返事は『様子見』でいい。辞めるのはなしだぞ」

「それこそどうかと思うけど」

「俺のこと結構好きだろ？　ちょっとばかり警戒してるだけで」

「好きっていうか……そばにいたら好きになっちゃいそうなタイプというか……」

こんな男に優しくされ続けたら好きになってしまっても不思議じゃない。それはそれで怖いのだ。完全に心を奪われてから、やはり無理だったと言われたら、立ち直れないのではないだろうか。

黙って考え込んでいると、いつの間にか外れていた手が戻ってきた。

この手は好きだな、と思う。思わず頬《ほお》をすりつけてしまいたくなるくらいには。

「可愛いよな、おまえ」

「……」

この人は正気なんだろうかと、思わず眉根を寄せてしまった。実は昨日の続きで酔っているのではと疑いたくもなった。怜衣が覚えている限り、昨夜翔哉が酔っぱらっていた事実はなかったが、記憶が飛んだ後のことはわからない。

「酔っぱらってクダ巻いてゲロ吐いたやつに可愛いって……どんなキワモノ好きなんですか」

「うん、ポイントはそこじゃねぇからな確実に」

出来の悪い子供を見るような目をされたが、そこには戸惑うほどの甘さがあった。

怜衣は思わず目を逸らした。

「俺だったらそんな思いさせないのにとか、俺の手で幸せにしてやりてぇなーとか、そんな感じかな」

「同情？」

「バーカ。同情で男を口説くかよ」

「女なら口説くの？」

「本気じゃなかったらどっちにしろ口説かねぇな」

髪がぐしゃぐしゃに乱れるほど掻きまわされて、怜衣はムッと口を尖らせた。子供扱いというよりは、ペット扱いのような気がして仕方なかった。

「なんか、寂しがり屋の子猫ちゃんに見えたんだよ」

「それは確実に目がおかしいよ」

「惚《ほ》れた欲目ってやつも少しはあるかもな。よし、本腰入れて口説くから、そのつもりでな」

それから押し切るように辞めないことを約束させられ、夕立と体調不良を理由にその日は帰してもらえなかった。

告白と約束をへて、翔哉の行動は目を瞠《みは》るほど大胆になった。

毎日口説かれているし、外からも見えない場所に二人でいると、ごく自然にボディタッチをしてくる。気がつくと腰を抱いて移動を促されていたり、髪や頬に触れられたりしているのだ。

バーでも同じことだった。客たちの前で「口説いてる最中」だと宣言し、臆面もなく褒め言葉を口にして、好きだの可愛いだのと言う。

怜衣にしてみれば信じられないことだった。信頼している仲間だとはいえ、目の前で同性を口説いたりなんかしたら、引かれてしまう可能性だってある。嫌悪、あるいは侮蔑の視線を受けることも覚悟しなくてはならないはずだ。

だからこそ怜衣は考えてしまう。ここまでオープンなのは、本気じゃないからではないのか。冗談半分だから、あんなふうにできるのではないか。

カウンターに肘を突き、少し身体をひねるようにしてじっと翔哉を見ていたら、おずおずと客のなかの二人が近寄ってきた。

「あの……」

「はい？」

「いまちょっといいっすか？」

「どうぞ」

「ありがとうございます。いや、なかなか怜衣さんと話す機会なくて……いつも翔さんが邪魔って威《い》嚇《かく》してくっから」

「ああ……」

そのあたりは怜衣も気付いていたから、苦笑いするしかなかった。独占欲というよりは、余計なことを耳に入れないようにしている、といった感じだった。

「あの、翔さんってああですけど、面倒見がよくて真面目な人なんすよ」

「うん、それは知ってます」

一見やる気がなさそうだが、実は家具店の仕事にかなり打ち込んでいるのがわかる。常に全国の工房や職人と打ち合わせしているし、一部の家具は自らデザインしているようだ。ちょっとしたものならば自分で作ったりもするらしい。

そして面倒見のよさは身をもって体験した。

「翔さんが自分から口説くって、いままでなかったんですよ」

「そうなんですか？」

「黙ってたって相手が寄ってくるんです。それだって、よっぽど気が乗らなきゃ相手にもしなかったし……怜衣さん、特別なんです」

「だからお願いします」

後輩らしき二人は真剣で、口調にも熱が入っている。今日は客が五人で、そのうち三人は翔哉と話しているが、すでにこちらの様子に気付いて全員で注目している状態だった。

「おーい、プレッシャーかけんなよ」

「でもっ……」

「これは俺たちの問題で、外野が口出すことじゃねぇだろ。応援してくれるのはありがたいけどな。理解示してくれるだけで充分だ」

やんわりとした口調だが、有無を言わせない迫力がある。後輩たちはものすごい勢いで翔哉と怜衣に謝った。

「余計なこと言ってすんませんっ」

「いや、それはいいんですけどね……」

客のなかで一番下っ端らしいが、それでも怜衣よりは少し年上だから、一応目上の相手として接しているが、彼らに言わせるとなんとも居心地が悪いらしい。ようするに尊敬する翔哉の恋人候補だから自分たちと同格ではないという考えのようだ。

正直なところ怜衣にはよくわからなかったが。

「ナチュラルにお願いしますとか言ってますけど、俺が男だってわかってます？」

「見りゃわかります」

「でも翔さんがマジなら、俺たちは別にどうだっていいっす。正直、怜衣さんみたいな美人だったら、男でもあんまり違和感ないっつーか、むしろありっつーか」

「そうそう。早く二人にはまとまって欲しくて……」

「思うのは勝手だが、急かすんじゃねぇよ」

低い声が聞こえたかと思ったら、翔哉が凄《すご》みをきかせつつ戻ってきて、怜衣の隣に座った。もともと後輩二人は立ったままだったのだが、翔哉の様子に直立不動になった。

やはり後輩というよりも手下といったほうがピンとくる。

「俺はゆっくり答え出せって言ってあんだよ」

翔哉はあれ以来、一度も答えを求めてこない。毎日口説いてくるくせに、探るようなそぶりさえ見せないのだ。

大人だと思う。恋人だった上司よりもずっと大人で、そしていい男だ。比べるのも失礼なくらいに。好きになるなというのが無理だろう。惚れっぽい質《たち》ではないが押しに弱いのは確かで、過去の付きあいはすべて熱心な相手をやがて受け入れるという形が多かった。翔哉は見た目も好みだし、なにより怜衣が欲しい言葉をくれる。

意識せずにはいられないし、好きになりかけてもいる。だがどうしても踏み出せなくて、ずっとその場で足踏みをしている気分だ。

自覚していたよりもずっと恋に対して臆病《おくびょう》になっていたらしい。新しい恋を目の前にして、ようやく気付いたことだった。

「明日、土曜日か……」

「え？」

「見たい映画があるんだよな。奢《おご》るから、一緒に行ってくれねぇか？」

「……一人では見ない派？」

「見たあとで、映画のことをいろいろ話したい派」

「あ、うん。それは俺もかな。ホラーと恋愛もの以外なら行こうかな」

映画のタイトルを言われ、怜衣は即座に頷いた。ちょうど見たいと思っていたものだった。少し前に封切りとなったことは知っていたが、会社に行かなくなってからしばらく腑《ふ》抜けのようになっていたので気力が湧かなかったし、ここで働くようになってからはすっかり忘れてしまっていたのだ。

何時のを見ようかと話していると、客たちがこちらに注目してそれぞれに笑っていた。

微笑む者、ニヤニヤとなにか言いたげな者、そして嬉しげに目を輝かせている者――。もちろん先ほどの後輩たちは最後のパターンだ。

男同士の恋愛を応援されるというのは、なんとも不思議な気分だった。

「映画見て、茶でも飲んで、買いものして……晩メシだな」

「おお、王道のデートっすね」

「最初はそんなもんだろ」

「デート……」

確かにデートプランとしてはきわめてオーソドックスだ。だが中途半端な関係のまま、デートじみた外出をしてもいいものだろうか。

ちらりと翔哉を見て、それから客たちの視線を感じて、いまさら断るのは無理だと諦めた。とてもそんな勇気はなかった。


待ち合わせは最寄りの駅だった。

怜衣が時間ぴったりに行くと、すでに翔哉が注目を浴びながら待っていた。

思った通り相当目立っていた。これまでずっと、あのビルのなかでしか見たことがなかったから、ひどく新鮮な気持ちだった。

「デート日和《びより》だな」

「なんか……ものすごく久しぶりで緊張する」

「久しぶり？　二ヵ月前まで付きあってたんだろ？」

「んー、でもデートはしたことなかったんで。食事はよくしてたけど、いつもビジネススーツだったよ。傍《はた》から見ても、仕事関係にしか見えないようにって」

「へぇ」

「私服だったのは、二人で出張したときだけかな。ホテル内のレストランで」

恋人だった上司は、とにかく怜衣との関係を隠したがった。それは当然だろうとは思っているが、その徹底ぶりには、何度も溜め息をつかされた。たとえばメールでのやりとりだ。絶対に恋愛関係を匂わせるようなことは書くなと口を酸っぱくして言われていた。いまにして思えば、二股をかけていた彼女に見られた場合のことを警戒していたのだろう。

「その前の二人とは？」

「それは、あったけど……学生だったから、そのへんは簡単だったたっていうか」

男子学生が二人で歩いていても、食事をしていても、周囲は不自然だと思わないだろう。たとえじゃれていても、それが普通のスキンシップなら奇異の目で見られることはないからだ。

おそらくあの上司と、過去の二人との差は年齢だけだ。彼らがもし社会人だったら、きっとデートなんてしてくれなかっただろう。

電車で数駅移動して、映画を見た後は近くのカフェで思う存分映画について話した。あの俳優がいい味を出していただの、結論に驚いただの、CGがいまひとつだった……だの、話は尽きなかった。途中からカフェの内装の話になってしまったが、それでも翔哉との話は楽しかった。

カフェにいたのは一時間ほどで、そのあとは予定通り目的もなく買いものをした。怜衣はなにも買わなかったが、翔哉は気に入ったサマージャケットがあったといって躊躇することなく買っていた。なにか買ってやろうかという申し出は丁重に断った。

「あのぉ……」

店を出て少し歩いたあたりで、おずおずと誰かが声をかけてきたが、最初はそれが自分たちに向けられたものだとは思っていなかった。最初に気付いたのは翔哉で、彼は足を止めて振り返り、声をかけてきた相手を見つめた。

二十代なかばくらいの女性二人連れだった。翔哉に見つめられ、頬を赤く染めている。

思わずムッとしてしまった自分に気付いて怜衣は動揺した。この程度のことで不愉快になるなんて、もう完全に手遅れではないだろうか。

怜衣は自分のことでせいいっぱいで、女性たちとのやりとりを聞いていなかったが、ようするに一緒にお茶でもしないかと誘われたらしい。

翔哉の態度は悪くもないがよくもない、といった感じだった。威圧感がない代わりに愛想もない。さすがに接客のときとは違っていた。

だが不意に、翔哉はにっこりと笑った。

「ごめんな、デート中なんだ」

「えーっ？　なにそれー」

「初デートだからさ、最後まで大事に持っていきたいわけだ」

翔哉は怜衣の肩に腕を乗せながら、彼女たちに笑いかける。デートの相手は怜衣だと言外に告げているのだった。

怜衣は大きく目を瞠り、女性たちは冗談だと思ったのか楽しげに笑っていた。

驚いているうちに、翔哉は彼女たちをうまくあしらって別れ、怜衣は連れられるままに薄暗くなってきた街を歩いていた。

衝撃はまだ抜けきっていない。あんなことを堂々と言える翔哉が信じられなかった。もちろん悪い意味ではなく。

「どうした？」

「いや、だって……あの子たちにデートって」

「冗談だと思ったらしいな。まぁ、結果オーライかもな。俺は別にいいけど、おまえはいやだろ」

「別にいやじゃないけどさ……それにしたって翔哉さんはオープン過ぎない？」

「世間体を気にする理由がないからな。親兄弟どころか親戚も見当たらねぇし、仕事はあれだから別に知られたところで問題ない。なんだったら、ここで手を繋いで歩いてもいいくらいだぞ」

「さすがに人前は……」

嬉しいという気持ちはあるが、やはり抵抗感が強い。曖昧な笑みを浮かべていると、翔哉が意を得たとでも言わんばかりに笑った。

「つまり誰もいなければいいんだな」

「そ……そう、かも……」

「そうか」

ひどく満足そうに笑い、翔哉は目的の店へ向かって歩き出す。ここからすぐのところに、何度か行ったことがある半個室のビストロがあるという。料理も美味いがなにより雰囲気がよく、周囲を気にせず食事できるのがいいらしい。

「お忍びで芸能人も来たりするらしいぞ」

「へぇ」

話しているうちに本当にすぐ店に着き、やや薄暗いなかを席まで案内された。満席だったが、翔哉は予約してあったらしい。

席はいわゆるカップルシートというやつだった。半円を描くようなソファが一つあるだけで、基本的に三人以上は別タイプの席になるという。隣の席とのあいだには壁があって、従業員が出入りする場所はカーテンで通路と仕切られていた。

店内に流れる音楽はやや大きめの音量で、隣にいる相手の声は聞こえるが、別の席での話はなにを言っているのかわからないようになっていた。

「まずはドリンクだな」

「俺はウーロン茶で」

「飲んでいいんだぞ。ワイン一杯くらいなら問題ねぇだろ？」

「いや、なんかこう……戒めというか」

ここのところバー〈欅〉でもまったく飲んでいないのだ。あの日はバーにいるあいだも別の形で醜態をさらしていたらしく、「外見で決めつけられて損をした」と愚痴をこぼしたり、よくわからない理屈で説教をしたりしていたらしい。最悪の酒癖だ。いままでそこまで酔う機会がなくて幸いだったとしか言いようがない。

ドリンクと料理を頼むと、翔哉はテーブルの下で怜衣の手を握ってきた。

「恋人つなぎ……」

「嫌いか？」

「そんなことはないけど……初めてだし」

「元彼たちはそういうことしないやつらだったのか。そういや、怜衣はゲイなのか？　バイか？」

ついでとばかりの質問には大した意味はなさそうだった。怜衣自身も何度か考えたことはあったが、いまだに結論は出ていないので、翔哉の意見も聞いてみようと思った。

「一応、男と付きあう前に二回女の子と付きあったよ。けど、自分でもよくわからない。好きだって思ってたはずなのに全然欲情しなくてさ。別に嫌悪感とかもないし、可愛いとは思ってたのに、どうしてもセックスしたいって思えなくて」

「彼女に対してだけか？　エロ本とかＡＶ見た場合は？」

「んー、ほとんど見ないからなぁ。でもたぶん反応しないと思うんだよね。身体とか、きれいだなとは思うんだけど……」

男にはない曲線だとか柔らかそうな質感だとかは、とてもきれいだと思っている。可愛い女の子を見れば、ちゃんと可愛いとも思う。

だがそれだけだった。二人いた彼女とも結局はキス止まりで、その先に至ろうとも思わなかったのだ。彼女たちは最初こそ紳士だとか優しいだとか言っていたが、そのうち怜衣に不審を抱くようになった。そうして最後には怜衣の気持ちを疑って離れていった。

「そう考えると、恋愛対象じゃないのかも。不思議と女の子からはモテないし」

「そうなのか？」

「うん。女の子から告白されたことないし。中高で彼女いたときも、両方俺からコクったしね」

「男子校だったんだろ？　どこで見つけたんだ？」

「塾で」

「ああ……」

なにをしに塾へ行っていたんだ、と自分に突っ込みたくなる話だ。ちなみに中学生のときの彼女はクラスメイトだった。

「あ……そうだ一回だけ、レズのお姉さんに誘われたことがあったっけ。なんか、俺だったら男でも大丈夫そうとか、微妙なこと言われたんだけどね」

「確かに微妙だな……」

この日の翔哉は、いつになくいろいろなことを聞いてきた。家族のことはもとより、過去の恋愛についても知りたがった。怜衣がなかなか落ちないので、過去を探って糸口を見つけよう、と思ったらしい。本人があっさりそう言った。

少しばかり呆れながらも怜衣は問われるまま答えていた。

「さっき、高校のときに彼女がいたって言ってたよな。最初に男と付きあったのはいつ頃なんだ？」

「高校一年のとき。彼女とは春から夏くらいまでの付きあいで、そのあと先輩に迫られて……秋くらいに付きあい始めた」

接触がなかったはずの三年の先輩に猛アタックをかけられ、なかば絆《ほだ》される形で恋人になった。しかしそれはわずか三ヵ月で終わってしまった。「気の迷いだった」なんて言われて、茫然《ぼうぜん》としたのを覚えている。

「一人目の彼氏って、やたら好き好き言ってきたし、キス魔だったんだけど、いざセックス……ってなったら我に返っちゃってさ。やっぱ男は無理、とか言い出して……それどころか気の迷いとか言われたんだよ。で、あっさり振られた。二人目は、女の子と浮気して、やっぱ女のほうがいい……ってなった」

二人目は大学生のときだった。学籍番号が前後していた縁で友達になり、数ヵ月たった頃に告白された。あまりにも真剣だったのと、誠実そうに見えたこと、なにより周囲に女の子がいる状況で怜衣を好きだと言ってくれたのを信じて付きあうことにした。

だがこれもわずか半年のことだった。

つまりどちらも基本的に異性がいい人たちだったのだ。その点では翔哉と同じだ。

「つまり俺がもともとゲイじゃねぇから、いまいち信用できないってことか」

「信用できないっていうか……女の人がダメって人以外は、やっぱ女の人のほうがいいんじゃないかなって」

「子供が欲しいやつや、結婚しないと体裁が悪いってやつはそうなんだろうな。俺はどっちも当てはまらねぇから、ハンデがないっていやないわ。だからって軽い気持ちってわけじゃねぇし、覚悟がないってわけでもない。それはわかっといてくれるか？」

「……うん」

怜衣が頷いた直後に、カーテンの向こうから失礼しますという声が聞こえた。翔哉はそっと手を離し、何食わぬ顔で店員を迎え入れた。

離れていった手に寂しさを感じてしまったなんて、まだ翔哉には言えそうもなかった。


降りる駅が同じだとはいっても、方向はまるで違う。翔哉の住むビルは降りた駅から戻るような形で歩くのに対し、怜衣のマンションはさらに進行方向へと歩かねばならないからだ。

にもかかわらず、翔哉は送ると言って聞かなかった。そういう多少の押し問答の末、怜衣はこうして自宅マンションまで送ってもらうことになってしまった。

「ありがとう。実はちょっと嬉しかった。送ってもらったのなんか、初めてでさ」

男だからと、歴代の彼氏たちは怜衣を送ったりはしなかったし、怜衣もそういうものだと思っていた。けれども翔哉の意見は違った。

曰く、「危険な目に遭《あ》わせないために送る、ってのもあるが、単純に別れる時間を引き延ばすためでもあるんだよ」らしい。

うっかりときめいてしまった。男前な顔に甘さを乗せて言うのは反則というものだろう。

「翔哉さんって、タラシだよね」

「人聞きの悪いこと言うな。誰彼かまわず言うわけじゃねぇぞ」

「……そうなの？」

「気を持たせるようなことは基本的に言わねぇよ。面倒なことになるだろうが。こんなこと言ってんのは、おまえだけだ」

「っ……」

不覚にもドキッとした。「おまえだけ」なんて、気負ったふうもなく言い放つのは反則だ。その手の言葉に弱いと承知で言ったのか、あるいは天然なのか。

いずれにしても質が悪いと思った。日に日に翔哉へ惹かれていくのを止められないというのに。

「顔が赤いな」

「気のせいっ……」

ごまかしきれていないのはわかっている。だが深く突く気はないらしく、翔哉は怜衣から視線を外し、興味深そうにマンションの外観を眺め始めた。

「思ってたより新しそうだな」

「あ……うん」

翔哉はじっと見つめてくるばかりで、会話を続けようともしなければ、立ち去るそぶりも見せない。つまり、期待しているのだ。

どうしようと迷ったのは一瞬だった。

「えっと……ちょっと上がってく？　お茶くらい出すよ。狭いけど」

「じゃ遠慮なく」

待ってましたとばかりに翔哉は頷き、怜衣に続いてエントランスをくぐった。

誰かと連れだって部屋に戻るのは久しぶりで、妙に緊張してしまった。こんなことは学生のとき以来だった。

「期待しないでよ」

「はいはい」

ワンルームの部屋は散らかってこそいないが、やはり手狭だ。その狭さよりも、安っぽい家具が恥ずかしい。普段一流の品に囲まれている彼にはあまり見せたくなかった。

翔哉を部屋に通して適当なところに座ってもらう。ソファなんてないから、床に直接だ。

「コーヒーもインスタントだし……」

狭いキッチンでコーヒーを淹れながら、つい独り言をこぼしてしまった。幸い翔哉には聞こえていなかったようだ。

つい溜め息がこぼれた。

「なんか……かえって申し訳ない感じ」

「なにが？」

「チープな部屋だから」

「こんなもんだろ。きれいに片付いてるよな」

「まぁそれはね」

身についた習性のようなものだ。母親が片付け下手で、仕方なく怜衣と兄が家のなかの整理整頓や掃除をしていたからだ。

いまはその習性に感謝している。そうでなければ翔哉を誘うこともできなかった。

「前の彼氏は、ここに来てたのか？」

「……うん」

専《もっぱ》らここが密会場所だったと言ってもいい。上司は出張以外でホテルを使いたがらなかったのだ。よほど人目につくのがいやだったらしい。ここへ来るときも普段かけないメガネをかけたりして、ここそ来ていたくらいだ。

「疲れる恋愛だったな、って……終わってから思ったよ」

「やっぱ俺の恋人になるべきだな。いままでの分を取り戻させてやるよ」

「翔哉さんだったらできそうだよね」

「当たり前だ。これに関しては絶対の自信がある」

笑いながら言っていても、翔哉はあくまで真剣だ。確固たるその自信を、怜衣は否定することができなかった。

黙って見つめ返すと、怜衣の手を覆うようにして翔哉の手が重ねられた。

「キスしようか」

「いきなりだね」

「いつも衝動と戦ってんだぞ。珍しく口に出しただけだ」

顎《あご》を掬《すく》いとられ、視線が間近でかちあっても、怜衣は逃げずにじっとしていた。そしてゆっくりと目を閉じる。

すぐに唇が重なってきた。最初はついばむように、それから唇を甘嚙《が》みするようにキスされ、無意識にせつなげな吐息がこぼれた。

唇を舐め、薄く開いたそこから舌が入ってきたのは結構早い段階だった。

「ん……」

初めてのキスでディープなものになるとは思っていなかった。だがいやだとは思わなかった。もしそうならば自分から舌を絡《から》ませに行ったりはしないだろう。

腕のなかに閉じ込められ、夢中になって何度も何度も角度を変えてキスをした。飲み下せない唾液がこぼれていくくらいに。

意識がとろりとしてきた頃になってようやく翔哉が離れていった。

指先が優しく怜衣の唇から喉までを拭《ぬぐ》う。

「は……ぁ……」

もっとしていたいと思った。それどころか怜衣は、このまま抱いて欲しいとさえ思い始めていた。ようするに官能のスイッチが入ってしまったらしい。

危なかった。もしあのまま押し倒されていても、怜衣は抵抗をしなかっただろう。

「エロい顔してるな」

「……してないし」

「してるって。食っちまいたくなるような顔してるよ」

それでも翔哉は実際になにかしてこようとはしない。それが誠実さから来るものなのか、怜衣が恐れることが理由なのかはわからなかったけれども。

熱を吐息とともに吐き出して、気分を切り替える。そっと翔哉の胸を押し返して距離を取った。

「そういうこと言うけど、翔哉さんって、ほんとに俺とセックスできるのかなぁ」

思わず怜衣がぽつりと呟くと、翔哉は思い切り心外そうな顔をした。

「疑われるとは思わなかったな」

「いや、だってさ、男の身体だよ？　女の人とは違うんだよ？」

「知ってる」

「いや、理解してるのと実感するのは違うと思う。結構、面倒くさいんだよ。準備とかもだけど、後始末とかも」

「じゃあ、教えろ。俺に予備知識を入れておけよ。おまえが知ってる限りのこと、全部俺に言え。あと用意するものとか、やり方とか、こうして欲しいとか」

「ちょっ……マジで……？」

「マジで」

翔哉の顔は真剣そのものだ。しかも腕をしっかりつかんで視線を逸らそうとしない。

怜衣が言葉に詰まっていると、焦れたのか翔哉は次々と質問をしてきた。それにすべて答えるには、かなりの羞恥《しゅうち》と疲労感に見舞われなくてはならなかった。

デートをした日から何日たっても、怜衣たちの関係に変化はなかった。

ただし以前よりも翔哉のスキンシップは増え、怜衣を見る目や雰囲気はさらに甘くなった。それはもう、客たちから冷やかしが飛ぶほどだ。なかにはとうとう付きあい出したんだと誤解して喜ぶ者が出たくらいだった。

来る日も来る日も翔哉のことばかり考えていて、すでに頭は飽和状態だ。

狡《ずる》い考えもあった。現状でも怜衣は充分楽しいし、幸せを感じている。

だからこそいまの関係を打ち壊すことに抵抗を覚えてしまう。ぬるま湯のようないまを捨てられなかった。

「恋とか愛って、大変だもんなぁ……エネルギー使うし」

無意識に出た独り言は、ぎょっとするほど静かな店内に響いた。翔哉が上得意の一人である老婦人を自宅まで送って行ったため、現在は留守番なのだ。営業時間は残りあと三十分で、それまでに翔哉が帰って来られるか来られないかのギリギリのところらしい。

作業が簡単な家具だけを手入れしながら、怜衣はぼんやりとものの思いにふけっていた。

そんなとき、来客を告げる小さなベルがちりんと鳴り、怜衣は笑顔を浮かべて振り返った。

「あれ？」

見知った顔だ。客の一人で、バーの初日に怜衣が大型犬だと思った青年だった。どこか思いつめたような顔をしている。

「どうしたの？　もしかして今日はこっちのお客？　えっと、いらっしゃいませ？」

人なつっこい彼に対しては、年齢が一つ違いだったこともあって、気やすく話すようになっていた。彼は客のなかでの最年少なのだ。

「あー……いや、客じゃないからいいよ。表から入ってごめんな。あの、翔さんは？」

「いま外出してるよ。今日は三十分遅れで始めるって連絡行かなかった？」

「来たよ。だから来たんだ。翔さんいないと、マズいかな……いやでも、いないほうが言いやすいっちゃ言いやすいか……」

一人でブツブツと呟く声は、あまりにも小さすぎて怜衣の耳にははっきりと聞こえない。部分部分が漏れ聞こえてくるのみだった。

首を傾げて見つめていると、やや俯《うつむ》き加減だった彼が顔を上げた。睨《にら》むようにして怜衣を見つめ、なにかを決意したような表情になっていた。

「あんたに言いたいことがあるんだ」

「う……うん、なに？」

「あのさ、これ以上翔さんを弄《もてあそ》ぶのやめてくれよ」

「え？」

ぶつけられた言葉に、一瞬ぽかんとしてしまう。弄ぶなんて、考えたこともなかったし、そもそも自分が誰かにそんな真似ができるとも思っていないからだ。

だが目の前の彼にとってはそうじゃなかったらしい。

「あれだけ好きって言われて大事にされて、あんただって翔さんに惚れてるように見えるのにさ。なんでOKしないんだよ」

「それは……」

「悪いけど、俺にはあんたがいまの状況を楽しんでるようにしか見えねぇ。翔さんはあんたに甘いから、なにも言わねぇだろうけどさ……だから、あんたが翔さんの恋人になる気ねぇってなら、早いとこきっぱり引導渡してくれ。言いたいことはそれだけだ。今日はバー行かねぇから。じゃ」

言うだけ言って、彼は怜衣からの答えも求めずに帰っていってしまった。彼がいなくなってしばらくたっても、怜衣はまだその場に立ち尽くしたままだった。

いまのは怜衣に対する悪意の言葉じゃない。ただ翔哉を思うあまりの言動だった。それでも傍から見たら自分の態度はそうなのだと突きつけられ、ショックと同時に言いようのない恥ずかしさが襲ってきた。

現状に居心地のよさを感じていたのは事実だ。恋人になっていずれ終わりを迎えるならば、このままがいいと考えたことも。

だがそれは怜衣の身勝手さでしかない。待たされる翔哉の気持ちを無視し、都合よく利用しようとしているということだ。

「最低じゃん、俺……」

過去の恋人たちのことなど、こうなったら言い訳に過ぎないだろう。翔哉が彼らとは違うことも、同じ理由で怜衣を捨てたりしないことも、本当はちゃんとわかっている。終わりを迎えるとしたら別の原因で、それはどんなカップルにでも――普通の異性カップルでもあることだ。

どのくらい立ち尽くしていたのか、怜衣が我に返って仕事の続きを終わらせた頃、裏の入り口から翔哉が帰ってきた。

慌てて怜衣は表情を取り繕《つくろ》ったが、あまりにも下手だったためか、それとも翔哉が鋭いためか、すぐに心配そうな顔をされてしまった。

「どうした？」

「あー……ちょっと調子が悪いみたいで……」

顔色はきっと悪いはずで、表情も冴えないだろう。そんな怜衣に近付いてくると、翔哉は額や首に手を当てた。

「熱はないな」

「今日は帰っていい？　掃除は終わってるから」

「当たり前だ。すぐ店閉めるから待ってろ。送ってく」

「いいよ、大丈夫。そこまで具合悪いわけじゃないし、今日はバーもあるだろ。三十分遅れって連絡して、また今度は中止ってのは、さすがにかわいそうだよ」

客たちがバーの営業を楽しみにしているのは、この一ヵ月ほどで充分すぎるほどわかった。みんな

翔哉のことが大好きで、そこには尊敬や敬愛といった感情も含まれている。好きというのは当然のことながら慕っている、という意味だが。

彼らにとって翔哉は大切な友人であり先輩であり、あの集団のなかでのボスだ。むしろよく怜衣を受け入れようとしてくれたものだと思うほど、翔哉は特別なのだ。

「ついでにさ……じっくり考えて、答え出してみる」

「……いい返事じゃないと聞かねぇぞ」

「ちゃんと考えるから」

期待を持たせるようなことはしない。自分の気持ちに素直に従うか、頭で出した結論に従うかは、いまのところわからないからだ。

再度送ると言ってくれたのを丁重に断って、それから間もなく怜衣は帰途に就《つ》いた。

そうして一人きりの部屋で、何時間も翔哉のことばかり考えた。

好きなところを挙げてみたら、自分でも驚くくらいたくさん出てきたし、嫌いなところを挙げようとしたら、いくら考えても一つも出てこなかった。困るところなら、いくつか出てきたけれど、それも半分くらいは嬉しいことに分類されることだった。人前で臆面もなく好きだの可愛いだのと言ったりすることや、以前あった、売りもののベッドで熟睡中に接客したことなどだ。

実際に恋人という関係になったら、当然これまでとは関係が変わるだろう。密になる部分もあれば、ぶつかることもあるに違いない。

それでも翔哉と歩いていくことに期待をしないではいられなかった。

あとは自分の気持ち一つだ。翔哉を信じてみよう。むしろ彼を信じられなかったら、家族以外の誰が信じられるのか、というくらいに思い始めている。

「飽きられないように、頑張んないと」

つかまえた途端に、追いかけているあいだの情熱が消えたりしないように、今度は怜衣も翔哉を繋ぎ止めておく努力をしなくてはならない。ずっと失敗続きだった怜衣には、そこが一番の難題なのだが。

ふいに電話の呼び出し音が鳴って、ドキッとした。

これは翔哉の番号に設定した音楽だ。時計を見ると、すでに十一時をまわっていて、自分が食事も忘れて考えに没頭していたことにようやく気がついた。

「はい？」

『遅くに悪い。いま大丈夫か？』

「うん」

『具合は？　つらいようなら、いまから行こうかと思ってさ。ようやくあいつらも帰るらしいし』

いつもより遅くスタートしたわりには早い解散だと言える。翔哉が早めに彼らを追い返そうとしているのではないかと怜衣は推測した。

「ほんとに大丈夫だから。それより……」

このまま返事をしてしまおうか、それとも翔哉の言葉に甘えて来てもらった上で、ちゃんと返事をしようか。

迷いながら口を開いた途端、インターフォンの音が部屋に鳴り響いた。

「あれ……？」

『こんな時間に誰か来たのか？』

「うーん……ちょっと待ってて」

電話を繋いだままドアスコープから外を覗き、怜衣は絶句した。

もう来るはずのない男がそこにいる。このマンションにはモニターがあるわけじゃないから、向こうはいまドア越しに怜衣が立っていることにも気付いていないはずだ。

そっと部屋の奥まで引き返し、怜衣は声をひそめて言った。

「もしもし……」

『どうだった？』

「あーそれが……別れた上司が来てる……」

いまさらなんの用があるというのだろう。怜衣が退職するまでの二ヵ月間、個人的な会話を一度もしなかったような男が。

このまま出ないでいたら、黙って帰ってくれないものだろうか。明かりが点いているのは見えているはずだから、居留守は難しいが、この時間だから風呂に入っているとか寝入ってしまった、という可能性を考えてくれないものだろうか。

とにかくじっとしていようと決めていると、電話の向こうから翔哉の固い声がした。

『ドアは開けるなよ。電話も切らずにそのままだ。いまからそっち行くからな』

「う、うん」

翔哉が来てくれるというならば心強い。それまではじっとして、上司が諦めて帰ってくれるのを待とうと思った。

だが玄関での物音に怜衣は息を呑んだ。ロックを解除する音がしたのだ。そういえばドアガードをしていなかった。

別れるときに鍵を返してもらわなかったことを、たったいま思い出した。

捨ててくれと怜衣は言ったし、向こうもわかったと返したから、それですんだと思っていたのだ。

狭いワンルームだから、誰かが入って来ればすぐに見える。一ヵ月前まで毎日のように見ていた男が、別れた事実などなかったような顔で現れた。

「勝手に人んちに入って来るな。合鍵返せよ」

「つれないな。最初に言うのがそれかい？」

せっかく会いに来たのにと、上司は――安佐《あさ》井孝《いたかし》はなぜか押しつけがましくぼやいた。

「来てくれと言った覚えはないし、そもそも俺たちは別れたはずだろ。いまさらなんの用だよ」

「また以前のように付きあえたらなと思って」

「はぁ……？」

なにを言っているのだと、怜衣は胡乱《うろん》な目を安佐井に向けた。だが当の本人にとっては当然の言葉だったらしく、そこには後ろめたさや怜衣に対する謝罪の気持ちなどは微塵も感じられなかった。

「胡桃沢が退社して、これだったらまだ続けられるんじゃないかと思って」

「不倫しろっていうのか？　ふざけるな。俺はそういうの大嫌いだし、あんたに気持ちは残ってない。横っ面を辞表で叩いてそう伝えたつもりだったんだけど？」

「それだけ感情的になってくれたってことだろ？　あれはちょっと嬉しかったな」

「……は？」

どういう解釈をしたらそうなるのかさっぱり理解できなかった。あれは怒っていい場面のはずだ。安佐井に非があるとはいえ、男として——というよりも人間として、あれをやられて喜ぶ者がいるとは思わなかった。

「胡桃沢はあんまり自分から好きって言わないタイプだろう？　甘えるのも苦手だし」

「それが？」

言われたことは事実なので反論はしなかった。恋を重ねるごとに怜衣は相手に気持ちを伝えることを躊躇するようになっていたし、そもそも甘え方もわからないのだ。だからといって、別れたときの感情の爆発が安佐井への愛情ゆえ、という事実もなかった。

「不安だったんだよ。本当に僕のことが好きなのかわからなかったんだ」

「だからって二股かけていい理由にはならないと思うけど」

「そうだね。でも別れ話に怒ってくれたことは嬉しかったよ」

微妙に話が嚙みあわないことを感じ、怜衣は眉根を寄せた。

勘違いも甚《はなは》だしい。怒った事実をまるで安佐井のためのように──彼への愛情ゆえだと思われるのは心外だった。

こんな人だっただろうか。怜衣と付きあっていた頃の彼はもっとまともだった気がしたのに。

「いや、そうでもなかったか……」

「ん、なに？」

冷めた気持ちでかつての恋人を見つめ、小さく溜め息をつく。

どこまでも自分を落としていく男だと思った。こんな男を好きだと思い、二年近くもプライベートのほぼすべてを捧げていたなんて、いまさらながらに悲しくなってきた。恋の終わり方はともかく、付きあっていたあいだのことは否定しないでおきたいと思っていたのに、それすら無理そうだ。

あらためてもう終わったことなんだと実感した。

「思ってた以上に清算できてたんだな……」

「なにブツブツ言ってるんだい？」

勝手に家へ上がり込んだ男を前に、緊張感が足りなかったことは確かだった。なまじ知っている人だから油断していたと認めざるをえない。

気がついたら安佐井はすぐ近くにいて、怜衣の肩に手をかけていた。

「ねぇ、セックスしようよ」

「ふざけんなっ」

手を強く払いのけると、安佐井は傷ついたような、それでいて大いに不満そうな顔をした。

「いいじゃないか。あいつ、つわりがひどくてさ。いま実家に戻ってるんだよ」

「最低だな、あんた」

だが納得もした。妻の目が届かなくなったことと欲求不満が、彼をこんな行動に駆り立てたのだろう。怜衣に未練があるというより、ほかに都合のいい人間がいなかったというのが正しいはずだ。

「まだ怒ってるの？」

「別に怒ってない」

「よかった。じゃあいいよね」

「ちがっ……」

どさりと床に押し倒された。背中を床にしたたかぶつけて、うっと小さなうめき声がこぼれた。

怒っていないのはもうどうでもいいと思っているからであって、安佐井との関係を戻すこととはまったく別だ。なのに安佐井という男はどこまでも自分の都合のいいようにしか受け止められないらしい。

安佐井を突き飛ばそうと手を突き出すが、その手を取られて身体をひっくり返しがてら捻り上げられた。一見優男《やさおとこ》ふうなのに、この男は学生時代に柔道をやっていたとかで、この手のこと――多少の荒事には自信を持っている。相手を押さえ込む効果的な場所や加減も心得ているのだ。

「悪い子はお仕置きだなぁ」

しゅるりと音がして、ネクタイで手を縛り上げられる。

さっと血の気が引いていくのがわかった。

顔を近づけられ、思わず顔を背けながら、安佐井が酔っているようだということに気付いた。会社帰りにどこかで飲んで、理性が飛んでいる状態らしい。だからこそ、こんな真似をしているのだろうが。

必死に暴れても拘束は解けず、近くなった息にぞわりとした。

何度も身を任せた相手だったのに、いまは嫌悪感しかない。首に寄せてきた舌先がざらりと肌を舐めると、全身に鳥肌が立った。

大丈夫だ、と自身に言い聞かせる。翔哉が来てくれるまで、頑張ればいいだけだ。

そう思っていても、抵抗はやめられなかった。肌を強く吸い上げられ、身体中をまさぐられながら、足だけでなんとか安佐井の暴挙を止めようとした。

酔っぱらいに理性など求めても無駄だと、思い知っただけだったが。

「やめろっ……」

「すぐ気持ちよくなるよ。怜衣は感じやすいからね」

「いや、だ……っ、翔哉さん……！」

「え？」

怪訝《けげん》そうに、そして不快そうに、安佐井が顔をしかめる。

半分服を脱がされ、ベルトも外されかけていたが、幸いなことに手は止まっていた。

「怜衣っ……！」

ドアが勢いよく開くと同時に、待ち望んでいた声がした。止まっていた時間が、その瞬間に動き出した。

飛び込むようにして入って来た翔哉は、すぐに怜衣から安佐井を引きはがし、容赦《ようしゃ》なく床に突き飛ばす。安佐井は尻餅をついて、茫然とこちらを見ていた。突然のことに理解が追いついていないようだった。

「大丈夫か」

「うん……思ってたより早かったけど、なんで？」

「送らせた。車で来て、飲んでねぇやつがいたから」

タクシーより速いんだと嘯《うそぶ》きながら怜衣を拘束していたネクタイを外した翔哉は、それを文字通り安佐井に向かって叩きつけた。

それによって安佐井は我に返った。

「だ……誰だ、君は……」

「俺の好きな人だよ。もうこの人にしか、触られたくないんだ」

誰何《すいか》する安佐井に、怜衣は翔哉より早く答えた。すんなりとそんな言葉が出たのは、やはり心が決まっていたせいなのだろう。

かつての恋人は、間抜けな顔でぽかんと口を開けている。イケメンだとか、社内での女子人気ナンバーワンだとすら言われていたのに、いまは見る影もない。

そんな部外者は視界にも入っていない様子で、翔哉はふっと目を細めて笑った。

「ようやく認めたか」

「認めてはいたよ。思い切れなかっただけで」

「そうか。まあ、なんでもいいや。これで俺のもんだな」

怜衣が服を整えるのを待って、翔哉は腰を抱き寄せた。その彼に自分から抱きついたのは、見せつけてやりたいという突然の衝動のせいだった。

相変わらず理解が追いついていないらしい安佐井に、もっとわからせてやりたかった。そして少しは意趣返しの意味もあった。

「俺は翔哉さんのものだけど、翔哉さんも俺のものだよ」

「当然だろ」

にやりと笑う翔哉に、自然と怜衣も笑みをこぼした。

首に腕をまわしたまま、翔哉にキスをする。もちろん触れるだけだ。音を立てて触れ、すぐに離れるつもりだった。

なのに離れようとしたところを、後頭部に添えた手でぐいっと引き戻され、より深く唇を重ねられた。少し驚きはしたものの、怜衣も乗り気で舌を差し出し、濡れた音を立てながら互いに貪《むさぼ》るようにキスをした。

結構長い時間だったはずだ。いつの間にか夢中になっていた怜衣から、名残惜しげに翔哉が離れていく。

目の前で始まったキスに唖然としていた安佐井も、さすがに正気に戻って、いまは睨むようにしてこちらを見ていた。

冷ややかな声に、今度は怜衣が我に返った。

「乗り換えるのが早いね」

「は……なんだそりゃ、もしかして皮肉のつもりで言ったのか？　笑えるな。二股かけた男が言うセリフじゃねぇだろ」

翔哉の態度と言葉は相手を蔑《さげす》み、そして小馬鹿にしたものだ。安佐井は気色《けしき》ばんだ。だがなにか言うより先に、翔哉はスマートフォンをすっと差し出した。

「ちなみに、会話は録音してる。ちょうど怜衣と電話してるときにあんたが来たからな。切るなって言って、ずっと録音してたんだよ」

「なっ……」

安佐井が一気に青ざめていく。いい酔い覚ましになったはずだが、自分に都合のいいようにしか考えられない人間は、どこまでも怜衣たちの予想を裏切った。

絶望感に彩《いろど》られた目は、すぐさまこちらを批難するようなものに変わった。

「脅すつもりか」

「なに被害者ヅラしてんだよ、二股野郎が。ああ、強制わいせつ未遂犯、ってのも付け足そうか。不法侵入もあったな」

二股以外はれっきとした犯罪だから、指摘されて初めて自覚したのか、ひどくこわばった顔をして黙りこんだ。

「ああ、ちなみに俺は怜衣とのことを隠す気はないから、あんたが誰になにを言おうが痛くも痒《かゆ》くもねぇぞ」

「あ、俺も言いたいことがあるんだ。最後だから、言っておくよ。安佐井さんは誤解してるみたいだけど、別れるときに俺が怒ったのは、あんたが俺の人格を否定するようなこと言ったからだ。あんたが好きだからじゃない」

「人格……？」

怪訝そうな様子に、どうやら本人にその自覚はなかったらしいと知った。あまりの齟齬に、溜め息しか出なかった。

あまり長く話していたいとは思わないが、言わねばわからないのならば仕方ない。怜衣は溜め息まじりに続けた。

「振られた腹いせに、俺があんたの二股をバラすとか、見た目がこうだから男遊びも派手だろうみたいなこと言ったろ。あんなこと言われて、まだあんたのこと好きでいるとか、ありえないんだけど。もしあの時点でまだあんたのこと好きだったとしても、一瞬で冷めただろうな」

それでも相手を好きでいられる人もいるのだろうが、怜衣には無理だった。不当に相手を貶《おとし》め、傷つけることは怜衣にとって耐えがたい行為で、平気でそれができる人間を好きでいられるわけがないのだ。

「あらためて、サヨナラ。奥さんと、生まれてくる子供を大事にしろよな」

果たして怜衣の言葉は彼に届いたのだろうか。その態度や表情を見る限り可能性はかなり低そうだったが、これ以上は言うつもりもないし、意味はないだろう。

視線を外し、もう話が終わったことを言外に示した。

「お帰りはあちらだ。あと、合鍵は置いていけよ」

「あ……また忘れてた」

同じ轍《てつ》を踏まないためにも必要なことだ。忘れずに言ってくれた翔哉に心のなかで感謝した。

渋面のまま従い、安佐井はバツが悪そうに帰って行く。納得しきってはいないのだろうが、彼にとって致命傷になるものを翔哉が持っている以上、彼が怜衣に対してできることはないのだ。

「じゃあな、二股野郎。ああ、元……だったよな？」

最後に釘を刺して送り出し、ドアが閉まって安佐井の気配が遠ざかってから、ようやく翔哉はいつもの笑みを浮かべた。

怜衣はほっとし、相変わらず翔哉に抱きついたままだったことに気が付く。そして自分が人前でなにをしたのかも。

怜衣はよく、平気で路上キスをしそうだ、なんて言われる。だが実際は、たとえ相手が女の子だったとしてもできないタイプだ。むしろ平然と道ばたでしているカップルを見て、それはどうなんだろうと思うタイプだった。外国人並みにもっと自然にしているならば、かまわないのだが。

「い……勢いって、すごいね」

「そうだな」

「あとさ……やっぱり酒ってヤバいよね」

怜衣は醜態をさらし、安佐井はあんな暴挙に出た。安佐井だって、酔っていなければあんなことをしなかったはずだ。たとえ根底にああいう考え方と受け止め方があったとしても。

「合鍵は取り上げたが、ここは早く引き払ったほうがいいんじゃねぇか？」

「あー、うん。そうなんだけどね」

先立つものがないから、引っ越しができなかったのだ。それは以前、なにかの話の折に翔哉にも言ってあったはずだ。

そして翔哉はもちろん計算尽くで引っ越しの話を持ち出したらしい。

「とりあえず、しばらくうちに来いよ。通勤時間、数十秒だぞ」

「そ……それはちょっと魅力的……」

「いやでも連れて行くからな」

どうやら最初から怜衣の意見を聞くつもりはなかったようだ。もとより異論はなかったので、小さくぺこりと頭を下げた。

「えーと、よろしくお願いします」

あんなことがあった自室で、平気で眠れるとは思えなかった。恐怖心はそれほどでもなかったし、実害もさしてなかったのだが、とにかく気分が悪かった。

簡単に荷物をまとめて外へ出ると、マンション前には車が待機していた。どうやら帰らずに待て、という指示が出ていたようだ。

後部座席に二人して乗り込むと、すぐに車は走り出した。運転手は夕方怜衣と話しに来たあの青年で、そのせいかやや緊張した様子だった。行かないと言っていたが、結局は顔を出したらしい。気が変わったということだろうが、そのせいで使いパシリにされているのだから気の毒と言えば気の毒だ。

「一応報告しとくわ。ようやく口説き落としたから」

「お……おめでとうございます」

喜色と困惑が入り交じった声が運転席から聞こえてきた。

「俺の恋人だからな、そのつもりで接しろよ」

「もちろんっす」

どういうやりとりだと、怜衣は内心げんなりした。しっかりと「恋人つなぎ」をされている最中なので、野暮なことを言うつもりはなかったが。

翔哉の持つビルまではすぐで、運転手の彼は二人を降ろすと黙って帰って行った。

最上階の部屋に着くまで、翔哉は手を離さなかった。通行人や住人に見られる可能性もあったのに、まったく気にしていない様子だ。

部屋に入っても手は離してもらえない。そのまま翔哉が入っていったのは寝室だった。

「翔哉さん……？」

「上書きさせろ」

「え……？」

「キスマークだ。そんな何ヵ所もつけられやがって」

とっさに自分の身体を見たが、少なくとも見えるところに痕はなかった。首や肩の付け根あたりにあるのだろう。

「ご……ごめん」

「消すからいい」

いますぐ抱かせろと言われたわけだが、それ自体に異論はない。怜衣だって翔哉が欲しい。だがこだわりたい部分だってあった。

「ふ……風呂入らせて？」

「あとでいい」

「いやでも汗かいたしっ」

「気にしねぇから」

「気にしてよっ」

なけなしの抵抗は、怜衣が本気じゃないこともあってあっさり封じられ、もつれ込むようにしてベッドに入るはめになった。

翔哉と過ごす三度目の夜は、恋人としての初めての夜でもあった。

シンプルな広い寝室の大きなベッドは、二人分の重みを受け止めても音一つしなかった。さすがは翔哉が特注で作らせたというフレームと、金に糸目をつけなかったというマットレスだ。

真上から見つめられて、ひどくうろたえてしまった。

欲に濡れた翔哉の目に、怜衣のそういったスイッチが反応してしまったのがわかった。

「あの……」

目を逸らし、消え入りそうな声で言う。自分でも驚くほど情けない声になってしまい、どれだけ自分がいま気弱になっているかを思い知った。

初めてのことじゃない。だからこそ、自分にどれだけの価値があるかと怖くなった。

「先に謝っとく。ごめん……がっかりさせちゃうかも……」

「どこまで自分に自信ないんだよ」

「だ、だって……初めてならそれだけで価値あるかもしれないけど、俺は違うし……けど、満足させられるような身体でもないし……」

感じやすいなどと言われたが、実際はどうなのかわからない。比較をしようにも、誰とどう比べたらいいのかわからないのだ。それに抱く側がどれだけ具合がいいのかも不明だった。

別れた相手が身体を求めてきたのは確かだが、だからといって怜衣の身体がいいとは限らない。ほかに手頃な相手がいなかっただけなのだろう。

「……不感症じゃないんだろ？」

「違うけど……」

「だったら別に問題ねぇだろ」

翔哉は話しながら、手早く服を脱がしていく。腕を動かしてそれに協力しつつ、怜衣も翔哉の服に手をかけ、ボタンを外した。

シャツを脱がし、タンクトップ越しにもわかる鍛えられた腹筋に手を這わせて、張りのある身体の感触を確かめる。

羨ましいくらいの肉体だ。肌に張りがあり、しっかりと筋肉がついているが、それは過剰なほどじゃない。アスリートのような身体だった。いくつか小さい傷があるのは、昔「やんちゃ」をしていた頃の名残だという。

「きれい……」

「おまえがな」

「そんなわけないよ」

いささか細すぎるきらいのある怜衣は、男として美しい身体だとは言えないと思っている。祖母の遺伝子は、顔立ちや肌の白さ、手足の長さにはしっかりと西洋人の特徴を表してくれたのに、筋肉の質という点では無視してくれたようだ。

「手に吸い付くみたいな肌だよな。白くて……傷一つねぇし」

腿《もも》の上に手を置いて、翔哉は囁《ささや》くような声で言う。それだけで怜衣はドギマギして、体温が上がるのを感じた。

恥ずかしい。全裸にされたことも、なにも隠すものがない身体を見つめられることも。

「なんか甘い匂いがするな」

「絶対気のせいだから」

「いや、甘いって」

首筋に顔を寄せた翔哉がかすかに鼻を鳴らす。ついでとばかりにぺろりと首を舐められ、びくんと身体が震えてしまった。

「しょ……翔哉さんは、一度精密検査とか受けたほうがいいと思うよ……っ」

「うるさい口だな」

笑いながら文句を言われた直後、唇を塞がれた。黙っていろということだろう。

下唇を甘噛みし、撫でるようにして舐めた後で舌が口腔《こうこう》に入ってきた。歯列の付け根をなぞられ、舌先を吸われると、ぞくぞくとした甘い痺れが這《は》い上がってくる。

しかも同時に肌の上を大きな手が滑っていて、怜衣はうっとりとした気分になってしまう。性的な快楽とは別の意味で気持ちがいいのだ。

撫でられるのは好きだ。以前からそのきらいはあったが、翔哉の手でそうされるのはことさら好きだった。

「ん……っ、ん……」

最初は腿や膝のあたりを撫でるだけだった手が徐々に這い上がってくるうちに、心地よさはだんだんと別の形へと変わっていった。

あちこちを触られながら、深く唇を結びあう。

自然と漏れる声はすべてキスに呑み込まれてしまった。

長いキスの後、翔哉の唇を追うようにして、怜衣は自分からキスをした。気持ちがよくて幸せで、もっと長くしていたかった。

翔哉は苦笑した。

「いつでもしてやるから、いまはほかのとこキスさせろ」

「や……ぁあっ」

腰骨の近くを撫でられて、大きく震えると同時に濡れた声を上げた。自分でも驚くほどに感じてしまった。

変だ。こんな感じ方はしたことがなかった。

「その調子で、ちゃんと色っぽい声出せよ？」

「無、理……ぁっ……」

胸を指先でいじられて、とっさに小さな声がこぼれた。

くすりと翔哉が笑う。

「そうそう、可愛い声聞かせろよ。そういえば、おまえ感じやすいんだっけ？」

安佐井の話を思い出したのか、翔哉は少し複雑そうな顔をした。笑ってはいるが、やはり前の男のそういった言葉は楽しいものではない、ということだろう。

「知ら、なっ……あ、あっ……」

胸の粒が指先で潰される。尖ったそこに爪先を軽く沈められると、腰の深い部分から痺れるような甘い感覚が走って声が勝手に出てしまった。

なおも責められて、びくびくと身体が反応する。

「ここだけでいけそうなくらいだな」

「そんな、わけっ……ん、ぁ……」

かぶりを振って否定してはみるものの、怜衣のものはまだ触れられてもいないのに反応を示し、立ち上がりかけている。このまま延々と胸を責められ続けたら、本当に達してしまいかねなかった。

翔哉はおもしろがるように乳首を強く吸い、舌先で転がしては歯で軽く噛む。

片側を口で、もう片側を指先で弄り、ピリピリと痛くなりかけるまで、飽きもせずに愛撫を続けた。

「や、だ……もぉ……そこ、ばっか……」

「こっちのほうがいいって？」

腿のあたりで遊んでいた手が、撫で上げるようにして膝の内側から身体の中心へと移っていく。くすぐったさと快感のあいだにあって感覚は、翔哉の手が根元の膨らみに達したことで、あからさまに快感へと変わった。

「あぁっ……」

すでに変化しかけていたものに、やんわりと翔哉は触れた。長い指が絡みつき、身体から急速に力が抜けていった。

巧みな指使いに翻弄され、同時に舌で中心を責められて、怜衣は喘《あえ》ぎながら全身をびくびくと震わせた。

気持ちがいい。怜衣の気持ちの問題なのか、愛撫の仕方が違うせいなのか、戸惑うほどに感じてしまっている。

ふと大丈夫だろうかと不安になった。

自分のこの反応は、悪くないだろうか。あまり喘いだら、翔哉にうるさいとか興ざめだとか思われないだろうか。そもそも自分の身体は、翔哉を失望させていないだろうか。

快感に翻弄《ほんろう》されながらもそんなことが頭から離れなくなった。

するとにすべての愛撫が止まった。

「おい、集中しろ」

「え……ぁ、ご……ごめん……」

顔色を窺うように翔哉を見るが、少なくとも表情から怒気は感じられなかった。むしろ仕方なさそうに苦笑を浮かべている。

「なにかゴチャゴチャ考えてるな？」

「いや、あのさ……俺、これで平気？　ダメなとこない？」

意味がわからなかったのか、翔哉は眉根を寄せてしばらく黙りこんだ。それから少しして、はぁ、と大きく溜め息をついた。理解したらしい。

「ねぇよ。まったく……余計なこと考えてねぇで、素直にアンアン言ってろ。いや、考える余裕があるのが悪いんだな。うん、そうだ」

自己完結した翔哉は、立ち上がった怜衣のものに舌を這わせ、怜衣に濡れた声を上げさせる。

それから柔らかな粘膜にすっぽりと包み、茎の部分に舌を絡ませた。

同性のものをくわえるなんて初めてだろうに、そこに躊躇は見られなかった。予備知識を与えておいたとはいえ、あまりにも自然だ。とても初めて男を抱くとは思えない。

口に含み、いやらしい音を立てながら、翔哉は怜衣のものを扱く。強く吸われて、目の前がチカチカした。

「んぁ……っ、や……あ、あん……」

無意識に怜衣は翔哉の髪に指を差し込んでいた。力はまるで入らなかったが、まるで彼の頭を自分の下肢に押さえつけているような格好になってしまう。

「やっ、もぉ……い、く……あぁっ……！」

指先を髪に絡めたまま怜衣はのけぞり、甘い悲鳴を上げて果てた。強いがほんの一瞬の絶頂は、乱れた息が常のものに戻っていくより前に余韻《よいん》を残して引いていった。

うっすらと目を開けたとき、口元を拭う翔哉の姿を見て、さーっと血の気が引いた。

まさかの思いだった。まさか飲むなんて考えてもいなかった。自分でもそこまでしたことはなかったし、されたこともなかったのに。

固まっている怜衣をよそに、翔哉はいつの間にか用意してあったジェルを指で掬った。そうして後ろを撫で始める。

ここでもやはり躊躇はない。嫌悪する様子もなかった。怜衣が立てた膝のあいだを覗きこみ、むしろ喜々としているようにも思えた。

「どこもかしこも、きれいにできてんな」

「あ、ぁっ……ん……」

ジェルでぐしょぐしょにされたところから、ゆっくりと指が入りこむ。久しぶりの異物感に眉根が寄ったが、それ以上に喜びが大きかった。

「痛くねぇか？」

「だい、じょぶ……気持ちいい……」

たとえ痛かったとしても、怜衣は幸せに震えたかもしれない。それくらい翔哉を受け入れたくてたまらなかった。

指とジェルが増やされて、湿った音も激しくなっていく。

溶けそうなほどよくて、声が掠《かす》れた。後ろで動く指の気持ちよさに、深く差し込まれるたびに怜衣は身悶えた。

「ちょっ……ぁんっ……翔、哉さ……ほんとに、男抱くの……初めて……？」

「違いなんて、ここの準備くらいだろ？」

あとは姿形の問題だと、翔哉はなんでもないことのように続けた。本当はそんな単純なものじゃないはずだが、彼が言うと本当にただそれだけのように思えてくる。

そんなふうに考えてくれることが嬉しくもあった。

指を増やされて大きく前後に動かされ、怜衣はシーツに爪を立てながら背を浮かせる。とっくに腰が揺れて、快感が身体中を支配していた。

「ん……やっ、あぁ……ん、あん」

「くっそ可愛い……」

悶える怜衣を、翔哉は目を細めて眺める。指をもう一本増やし、ことさらいやらしい音を立てて犯しているうち、まるで妙案を思いついたような顔をして、すべての指を引き抜いた。

せつなげな吐息をもらす怜衣を俯せにさせ、腰をぐっと引き上げる。

ためらうことなく舌を寄せたのは、さんざん指でいじってジェルでぐちょぐちょにした場所だった。

「っぁ……ん……」

鼻に抜ける甘い声を上げ、怜衣は快楽に溶けた。まったく力が入らない。後ろを犯されて、それでたまらなく気持ちよくて、考える力さえも奪われていくようだった。

ぴちゃりと濡れた音がして、はっと我に返る。肩越しに見た光景に、全身が強ばった。

「や、め……っ」

「なんで」

「だって……そんな、の……」

弱々しくかぶりを振り、怜衣はやめてと懇願した。

「これ嫌いなのか？」

違う、そうじゃないと、かぶりを振る。だがうまく説明はできなかった。気持ちがいいし、嬉しいとも思っているが、同時にいけないと強く思ってしまうのだ。背徳感に近いような、あるいは罪悪感のような、なんとも言えない気持ちだった。

「もしかして……されたことなかったのか？」

「……うん」

「マジか」

少し声が弾んでいるように聞こえて、怜衣は戸惑いの視線を向ける。すると翔哉はかすかに笑みを浮かべながら身を寄せ、耳朶《じだ》を軽く嚙んだ。

「んっ……」

耳もまた怜衣の弱点の一つだ。たちどころに力が抜けて、腰のあたりがじわんと熱くなってしまう。

「初めてなら、いっぱいしてやんねぇとな」

「翔、哉さ……ひぁっ……ああ……」

両手で尻を広げられ、ふたたび舌を差し込まれた。

半泣きになって訴えても、翔哉は聞く耳を持たない。それどころか尖らせた舌を差し込んで、内側から怜衣を舐め尽くそうとでもいうように動かしてきた。

制止の言葉は意味をなさなくなった。翔哉にそんなことをさせてはいけないという思いは確かにあるのに、舌で犯される身体はもっと、とそれをねだろうとする。

「あぁ……っん、だ……め……っ、や……あ……」

もはや自分の反応や声を気にしている余裕などなかった。舌だけじゃなく、途中でまた指も入れられて、後ろを執拗《しつよう》にいじられた。

いくら愛撫されても、疼《うず》きが和《やわ》らぐことはない。それどころか、されればされるだけひどくなっていく気がする。

欲しくてたまらない。もっと深くまで、いっぱいに怜衣を満たして欲しかった。

「あんっ、や……あ、もう……いい、からぁ……」

「泣くなって」

「だって……翔哉さんが……欲し……」

涙目で懇願すると、ふっと笑う気配がして指が引き抜かれた。力の入らない身体を仰向けにされ、顔を覗き込まれた。

「俺が欲しい？」

「欲しい……もう、入れて……俺を、ぐちゃぐちゃにして」

焦らされておかしくなって、怜衣は普段なら絶対に言わない――いまだかつて一度も言ったことがなかったことを口にしていた。

瞬間、翔哉の目に獰猛《どうもう》な光が宿ったように見えた。

「撤回はさせねぇぞ」

ひくつく後ろに、望んだものがあてがわれる。熱い切っ先が怜衣の身体を、じりじりと押し開いていく。

「あっ、あぁ……」

翔哉は怜衣の両脚を抱え込み、覆い被さるようにして一気に最後まで貫いた。

圧倒的な質量に陶然《とうぜん》となる。泣くほど愛撫され、慣らされたおかげか、迎えたことのない大きさでも痛みは感じなかった。

挿入のときはいつだって多少の痛みはあったのに。

入れられただけで、いきそうになってしまった。異物感よりも、翔哉のものでいっぱいになったという充足感のほうが強い。

「大丈夫か？」

「うん……嬉しい……」

「まったく……抱き殺されてぇのか」

苦笑まじりに呟いた意味は、身体で理解した。怜衣のなかで、翔哉のものがさらに質量を増したのがわかったからだ。

戸惑ううちに、翔哉は動き始めた。

「あぁっ……」

引き出されていく感覚に総毛立ち、突き上げられて指先まで快楽に震える。それを繰り返されて、怜衣は泣きながら喘ぐことしかできなくなった。

浅く深く抉《えぐ》る動きに、敏感な身体が翻弄される。さんざん高められた性感は、翔哉の動き一つ一つにいやというほど反応してしまった。

背中にまわしていた手がシーツに落ちて、感じるたびに白い布の上に皺《しわ》を作ってはその形を変えていく。

「あっ……あん、や……深……い、っ……」

逃げそうになる細腰を捕まえ、翔哉は両手で自らに引き寄せながら、激しく何度も打ち付けた。怜衣の悲鳴は濡れていて、泣いているようでいながら喜びに色づいていた。

後ろを責めると同時に、指先が乳首を愛撫する。指の腹で押し潰されると、怜衣の後ろはきゅうっと翔哉のものを締め付けた。

「ひっ……ぁ……」

「す……げぇな」

掠れた声がひどくセクシーだった。その声だけで、また軽くいきそうになるほどに。

自分だけじゃなく、翔哉も感じてくれているのだと思うと、嬉しくてたまらなかった。

翔哉の切っ先が内側の弱いところを掠め、怜衣はシーツに爪を立ててのけぞる。二度目の絶頂はすぐそこまで来ていた。

「い……く、もう……あぁ、んっ……いく……っ、ぁ……ああっ！」

深く交わったままなおも突き上げられて、怜衣の全身を衝撃が貫いた。甘くその身を切り裂くような快感に、意識がなかば飛びかける。

一瞬のはずの絶頂感は、しかしいつまでも怜衣の身体に余韻を残していた。

身体のなかに注がれる熱い迸りにすら感じ、泣き声まじりの嬌声《きょうせい》が勝手にこぼれていく。知らないうちに泣いていたらしいと気づいたのは、翔哉の指先が目元を拭ったときだった。

「あ……お、れ……」

「泣くほどよかった？」

「……うん」

素直に頷いた。こんなに気持ちいいセックスはしたことがなかったし、快感が怖いと思ったこともなかった。最中は何度も「いや」だと口にしてしまったが、それは本当の拒絶ではないし、翔哉もわかっているはずだ。

そして過ぎてしまえば、ただ甘いばかりの記憶になった。

「翔哉さん、は……？」

少しでもこの身体で感じてくれたのだろうか。失望はなかっただろうか。不安になって問いかけると、くすりと笑って額をあわせてきた。

「すげぇよかった。きれいだし、可愛いし、感じやすくてエロいし……」

「褒めすぎ……」

「事実だって。相性もいいみたいだしな」

「それは……うん」

失望されていないとわかってほっとしながら頷くと、ゆっくり身体が離れていく。その刺激にすら怜衣は身を捩《よじ》って震えてしまう。

「んぁ……っ……」

「煽《あお》んなよ」

「ち、が……」

涙目で睨むと、苦笑を返された。それが「煽る」っていうことなんだと言われても、よくわからなかった。

「ヤバいな」

「なにが……」

「一回や二回じゃ、やめられそうにねぇわ」

ニヤリと笑うその表情がひどく艶《つや》っぽくて、怜衣は静まりかけの官能が疼き始めるのを感じた。こんなことは初めてだった。抱かれて、一度終われば潮が引くようにして欲望は引いていくのが常だったのに。

もっと翔哉が欲しかった。もっと繋がっていたかった。

「俺も……」

怜衣は翔哉のものに手を伸ばしながら、気だるい身体を起こした。怜衣が高めるまでもなくそれは固く立ち上がっていたが、自分がそうしたいから舌を寄せていく。

「エロいな……」

「ん、ふ……っぅ……」

口に含んではみたものの、口戯に自信はない。それでも翔哉は満足そうに怜衣の髪を撫で、そのうち後ろに指を入れてきた。

びくんと全身がわななく。

さっき翔哉が出したものをかき出すようにして指が動くと、もう口での奉仕どころではなくなってしまった。

怜衣は自分で思っていたよりもずっと快楽に弱い身体だったらしい。

「あぁっ、や……あん、あっ……気持ち……いい……」

「もっと？」

問われるまま、怜衣は何度も頷いた。

「あ、んっ……もっと……欲し……」

「指が？」

「翔哉さん……の……」

濡れた目での懇願に、翔哉は目を細めた。それからベッドの上で仰向けに寝転がり、怜衣をまたがらせた。

なにを求められているかは明白だ。

怜衣は翔哉のものに手を添え、自らそこに腰を落としていく。まるで串刺しにされるような気分が、余計に羞恥と官能を煽り立てた。

「あぅっ、ん……んぁ、あぁぁ……！」

脳天まで突き抜けるような衝撃に、怜衣は嬌声を上げた。途中まで入ったあたりで、翔哉の手が強引に腰を引き下ろしたからだった。

本当に容赦がない。怜衣を傷つけるようなことや痛いことはしないのに、泣かせるようなことは喜んでするのだから。

最初の衝撃が去るまで待って、ゆっくりと自ら腰を振っていく。リズムは自分で作るつもりだったのに、不意打ちで翔哉が突き上げたり腰を引き寄せたりするから、結局は翻弄されてよがるだけになってしまった。

繋がったまま翔哉が身体を起こし、今度は膝に抱かれる形で穿たれる。脚を抱えられて、自分では動くこともできないまま怜衣は追いつめられた。

「も……だめ……い、くっ……いや、ぁ……ああ……！」

怜衣は何度目かの絶頂に泣きじゃくりながら、のけぞって果てた。

倒れそうになる身体をベッドに戻されるのを感じ、うっすらと目を開ける。それを待っていたように、翔哉は深くまた突き上げて、押しつけるようになかをかきまわした。

「やっ、待……」

感じすぎてつらいのに、翔哉はかまうことなく腰を打ち付け、ふたたび彼がいくまで怜衣を貪り続けた。

まさかそれでも終わらないなんて、そのときの怜衣は思ってもみなかったけれども。

「怜衣……」

自分の名前が、こんなに甘く響くなんて知らなかった。怜衣は「愛してる」と囁く愛しい声に囚われ、なすすべもなく快楽に溺《おぼ》れていった。


「もう、つらい……」

呟いた声は掠れて、力も籠《こ》もっていなかった。

それはそうだろう。昨日からずっと喘ぎ続けていたのだから、喉がおかしくなっても不思議ではないし、声だけじゃなく全身に力が入らない状態なのだ。

お互いにどうかしている。熱を帯びた吐息をもらしながら怜衣はそう思った。

「かなり喜んでたけどな」

「……それは否定しないけど……限度ってものが、あるでしょ……」

今日、欅は臨時休業になった。怜衣がまだ眠っているうちに翔哉が下へ行って休業の知らせを出してしまったらしい。ときどき翔哉の都合で休みにすることはあるらしく、別に問題はないと涼しい顔をしていた。

　だが理由がいけない。問題だ。どこの世界に、恋人と寝るために仕事を放棄するオーナー——社長がいるのだろうか。

「ダメ人間だよ。社会人失格だよ」

「有給休暇みたいなもんだろ」

「違うと思う」

　そもそも過ごし方に問題がある。寝るというのは眠るという意味もあったが、セックスの意味でもあった。昨夜からだらだらと、眠ったり起きたり、食べたりセックスしたりを繰り返して、とうとう夕方になってしまったのだから。

「こんな爛《ただ》れたことしたの、初めてだよ……」

「たまにはいいだろ」

　ここで否定できずに言葉を呑み込んでしまうあたり終わってるな、と怜衣は内心溜め息をついた。

　昨夜さんざん抱かれて気絶するように眠って、起きたらまだ身体が繋がっていて、そのまま続きが始まって、朝っぱらから濃厚すぎる時間を過ごした。一緒に風呂にも入り、初めて身体を人に洗ってもらうという経験もした。しかも手で、身体のなかまでも。

　羞恥に泣きながら喘いでいたのは、ほんの数分前のことだった。いまは大きなバスタブに身を沈め、背中を翔哉の胸に預けてぐったりとしている状態なのだ。

「翔哉さんが思ってたよりずっとエッチだった……」

「認識が甘かったな。お互いに」

「お互いなの？」

「俺だって知らなかったんだよ。あれだな、マジの相手だと際限なくその気になれるんだな。びっくりだわ」

「……俺だけ……？」

「そう、おまえだけ」

なんて甘い響きなんだろう。「おまえだけ」なんて。

おかげで怜衣は、だったらしょうがないかな……などと、末期的なことを考えてしまった。きっと脳がピンク色になっているに違いなかった。

だが耳を甘嚙みされ、胸に手を這わされて、はっと我に返った。あやうく声を上げてしまいそうだった。

「だめ、もう触んないで」

「いやだ。おまえ、手触りよすぎるんだよ」

「だったら耳っ……関係な……ぁあ……やっ、ん」

耳朶を嚙まれ、孔に舌先をぞろりと入れられると、ぞくぞくと甘い痺《しび》れが背筋を駆け上ってくる。

胸のあたりをいたずらしていた指も、乳首を摘まんだりコリコリと擦りあわせたりと、あからさまに愛撫を始めてしまう。

バスルームに響く嬌声に、翔哉は楽しげに口の端を上げた。

「もぉ……無理……っ」

「うん。入れねぇから大丈夫」

ちっとも安心できないのは、そう言いながらも愛撫の手が止まらないからだ。胸を責めながら、もう一方の手が脚のあいだに入ってきて、奥にまで入り込んでいく。

そうして内側から怜衣の弱いところを何度も指で突いた。

「あぁ……っ」

風呂に入りながらすることじゃないと訴えたかったが、もう言葉にならなかった。耳と胸と後ろを同時に責められて、あっけなく怜衣はいってしまった。射精を伴わない絶頂というものを、昨夜覚えさせられたのだ。

びくびくと痙攣《けいれん》する身体を愛おしげに抱きしめて、仕上げとばかりにキスをされた。

続く余韻のせいで、そのキスの最中にまた何度も軽い絶頂を味わうはめになった。

完全に身体がおかしくなっていた。

ぐったりと力を失った身体を抱き上げ、翔哉はバスルームを出た。最初のときからそうだったが、彼はとても甲斐甲斐しくて、身支度を整えるところまですべてやってくれた。

されるがままの怜衣をソファに横たえ、翔哉は店へ下りて行った。店は休んだが、なぜかバーは開くらしい。

すっかり暗くなっていた外を見たら、くらくらとめまいがしてきた。

「あり得ない……」

この二十時間ほど、ずっとセックスしていたのだ。実際には眠ったり食べたりという時間が三分の一以上はあったはずだが、感覚としては「ずっと」だった。

初めての夜だから、箍《たが》が外れてしまったのだろうけれども。

怜衣は溜め息をつき、そっと立ち上がってみた。かなり心配だったのだが、なんとか歩けるようだ。気を抜くと、かくんと膝が抜けそうになるから、慎重に下りて行かねばならないだろうが。

しばらく休んでから、重たい身体を引きずって部屋を出る。壁に手を突いてゆっくりと歩を進め、店まで下りて行く。

身体の芯にはまだ火が残っていた。胸のあたりは服が擦れると電流を当てられたように快感も走る。そんな状態で人前に出るのはためらわれたが、翔哉がどうしてもと言うのだから仕方なかった。

理由はわかっていた。客たちに晴れて恋人同士になったことを公表するためだ。わかってるから、怜衣も無理をしているのだった。

一階に下りて店に入ろうとすると、ドアの前で誰かが立っていた。

「あれ……？」

昨日、車を出してくれた青年だ。彼は怜衣と目があうなり、直角に身体を曲げて声を張った。

「すんませんでしたっ！」

「え、え……あ、いや、昨日のことだったら別に……」

「いえ、余計なこと言いました。って、翔さんにはぶん殴られました」

「えええっ！」

それは初耳だ。暴力はどうなんだと思ったが、目の前の青年がひどく晴れやかな顔をしていたので、なにも言えなくなった。

「野暮なことすんなって。部外者は口出すなって言われてたのに……それに、怜衣さんには翔さんを弄べるようなスキルはないって」

「その言い方はどうかな……」

せめて「弄ぶようなやつじゃない」くらいに言ってくれたらよかったのに。スキル云々で言われてしまうと、どこまでも怜衣がダメな人間のようではないか。

乾いた笑いが無意識にこぼれた。

「あー……うん、でも俺も謝らなきゃなって思ってたんだ。あと、お礼」

「は？」

虚を衝《つ》かれたといった顔があまりにも幼く見えて、今度はくすりと笑みがこぼれた。

「ヤキモキさせただろ？　俺がぐずぐずしてたのも事実だし」

「けど、翔さんは全然焦ってなかったっていうし、それどころか少しずつあんたが自分に近付いてくるのが楽しかったって」

「なんか翔哉さんらしいね。それでもさ、決意するきっかけになったのは、君の言葉なんだよ。だから、ありがとう。おかげで覚悟が決まりました」

今度は怜衣が頭を下げる。さすがに直角とまではいかなかったが、それなりに深く下げると、恐縮したのか彼はいまにも土下座でもしそうな勢いで頭を下げてきた。

「なにやってんだ」

呆れたような声に振り向くと、翔哉が笑いながらこちらを見ていた。時間を過ぎても現れないので様子を見に出てきたらしい。

だが事情はわかっているからか、それ以上なにか言うようなことはなかった。

「すんだら行くぞ。もうみんな待ってる」

予告はしてあるらしいので、今日は集まりが早いようだった。

翔哉は怜衣の腰を抱き、青年に「先に行け」と顎で指図した。慌てて頷き、うわずった声で返事をした彼は顔が真っ赤だった。

「……どうしたんだろ……」

「おまえの色気に当てられたんだろ。今日のおまえは目の毒だ」

「なに言ってんの」

自分では色気なんてわからないし、もしそうだとしてもそれは翔哉のせいだろう。ついさっきまであんなことをしていれば、官能の気配が色濃く残っていても仕方ないはずだ。

「続きは部屋に戻ってからな」

「あり得ない……！」

まだするつもりかと目を剝《む》くが、翔哉はそんな怜衣を軽くいなし、店の階段を上がっていく。支えられるような形はありがたかったけれども、おかげでぴったりと寄り添ったまま客たちの前に登場する形となってしまった。

幅の広い階段を上がっていくというのも演出としては出来すぎている。拍手で迎えられたからなおさらだった。

誰も座っていないカウンター席のうち、二つだけがぴったりとくっつけられて置いてある。怜衣は腰を抱かれたまま、そこに翔哉と並んで座った。

「あらためて紹介するぞ。晴れて怜衣が俺の恋人になった。これからは、俺よりもこいつを大事にしてくれ」

野太い歓声や祝福の言葉が、ものすごい音量で飛んでくる。そのなかに、ひときわ声を張り上げているあの青年の姿があった。

自分もなにか言ったほうがいいだろうか。そんなことを考えていたら、バラバラだった声はキスコールに変わっていた。

「え、マジで……」

「これだけ期待されてんだから、応えねえとな」

人前でのキスには抵抗感があるし、いまの怜衣の状態はかなりまずい。触れるだけのキスならいいが、深いキスをされたら絶対に痴態をさらしてしまう。

だが十数人分の熱い勢いには逆らいがたいものがあった。

なかば自棄《やけ》になって、怜衣は目を閉じる。

唇が触れあった瞬間、ガラスがビリビリと震えるような雄叫びが店内に響き渡った。

愛を めいっぱい

「じゃ、条件はこれでいいな？」

「うん……じゃなくて、はい」

数枚にわたる書類を前に、怜衣《れい》は大きく頷《うなず》いた。

客を送り出したタイミングで少し早めに店じまいをし、二人は店の片隅で売りもののテーブルを挟《はさ》んでいる。

翔哉《しょうや》が差し出したこの書類には、怜衣の雇用に関しての細かい条件が記載されていた。アルバイトに入ったときがいい加減な流れだったから、正社員になるときも似たようなものかと思っていたら、驚くほどきちんとした姿勢を示された。

そう、今日から怜衣は正社員になる。恋人と職場が同じだったせいで、破局後に苦痛を味わったことがあるから、多少躊躇《ちゅうちょ》してしまう部分はあったのだが、翔哉ならば大丈夫だと決意したのだ。

「あとはマンションの解約だな」

「週末にでも不動産屋に行ってくるよ」

「その前に電話一本入れとけ。荷物はそんなに多くなかったよな」

「うん」

「軽トラ一台で足りるか……。週末、運び出すぞ。誰か空いてるだろ」

翔哉はそう呟《つぶや》いてスマートフォンを操作した。そして指を止めて間もなく、ふたたび画面をタッチして大きく頷いた。

「えっと……？」

「軽トラと人員確保した。とりあえず三人いれば十分だよな？」

「は？　いやあの、それって引っ越しのこと？　もう？　だって新しいとこも決まってないのに？」

解約に行ってその場で次の住まいを紹介してもらい、首尾よく新居が決まったとしても、いきなり引っ越しなどできるはずがない。そんなことくらいは翔哉だって承知のはずだ。なにしろ彼は自らがマンションのオーナーなのだから。

怪訝《けげん》そうな顔をしていると、くすりと笑われた。

「うちに決まってんだろ」

「え？」

「そういう話になったろうが」

「え、いやいや、なってないよ？　しばらくとは言ってくれたけど……」

「察しろよ。なし崩しに同棲に持ち込もうって腹だ」

ふっと笑いながら言うことでもないだろうが、そんなところも翔哉らしいような気がしてきて、怜衣は「なるほど」と呟きながら頷いた。

その強引さを嬉《うれ》しいと思う反面、戸惑いもした。翔哉のそれは怜衣への気遣いが含まれていると理解していても、過去の恋人たちが揃《そろ》いも揃って強引だったから、つい身がまえてしまうのだ。

「ちょっと押しすぎてるか、俺」

「大丈夫。嬉しいよ？」

翔哉は違う。いまだって怜衣の揺らぎにちゃんと気がついてくれた。

「いやだったら、はっきり言えよ」

「うん。でも家賃は払うから」

「んー……じゃ、食費とか込みで五万？」

「安っ！　なにそれ、安すぎるって」

食費とか、の「とか」には光熱費なども含まれていると推測できる。それらを含めてなんて、あり得ない金額だと思った。

「込みなら、せめて給料の三分の一は取ってよ」

「ほんとはナシにしたいんだよな。めんどくせぇんだよ。個人収入になっちまうからなぁ……」

九階までの家賃収入は会社に入るが、翔哉の住まいに対して怜衣から家賃を取ると、そうはいかないのだ。ようするに確定申告の問題らしい。

「会計は人任せなんだから別にいいじゃん」

常連の一人が税理士の資格を持っているので、会社も翔哉個人もすべて丸投げしているらしい。バーに集まる客たちのなかには、学生時代から優秀だったり真面目だったりという人物もいるのだ。大半は、学校をサボったり中退したりしていたらしいが。

「わかったわかった。込みで手取りの三分の一な」

「それだって破格だと思うけどね」

立地と広さと設備を考えたら十分だとは言えないが、このあたりで手を打つのが妥当だろう。翔哉の厚意に応えたい部分もあったし、これ以上は粘っても無駄だろうと思ったからだ。

「よし、じゃ買いものに行くか」

「はぁ」

よくわからないままに連れ出されたのは、電車で数駅の繁華街だった。

外はまだ明るく、けれども気温はぐっと下がってきている。いつの間にか秋の気配が近付いてきていることにふと気がついた。

見上げてみれば空が高い。気付かないうちに季節は変わっていたようだった。昼間はまだ暑いと感じる日が多いから意識していなかっただけで。

「秋だ……」

「日が落ちると気温が下がるようになったよな」

ぼんやりと外を眺《なが》めていると背中を小突かれ、止まっていた足を進めることにした。立ち並ぶ店の一つに翔哉は入っていき、怜衣はきょろきょろしながらそれに続いた。

メンズファッションの店だ。セレクトショップらしく、ちらっと見ただけで複数のメーカーの服が置いてあった。

「あっ、いらっしゃい」

「あれ、栖本《すもと》さん……？」

出迎えたスタッフ――栖本は、バーの常連客だ。彼は意外そうな顔をし、すぐにそれを嬉しそうなものに変えた。目があったので、軽く頭を下げた。

「怜衣が店に出る用に何点か見繕《みつくろ》ってくれ」

「店ってあれですよね、家具の」

「当然だろ。バーなんてなんだっていいだろうが」

「じゃ、シンプルで、品がいいやつだ」

「わかってんじゃねぇか」

「え、俺の……？」

初耳だ。そもそも買いもの、とだけ言われていて、具体的なことはまったくだったのだ。店に入ったときだって、当然のように翔哉の服だと思っていた。

栖本はすでに服を選び出している。主にシャツで、薄手のジャケットやジレも手にしている。

「支給品だ」

「は？」

「おまえの私服はカジュアル過ぎるんだよ。値段的にもな」

「あー……」

それはそうだろう。服はだいたい安い量販店で買っている。何千着、何万着と作られているようなものばかりだ。だから決まって無難なデザインばかりになった。よくあるタイプの服ならばメーカーもわからないだろうと思ったからだ。

怜衣が持っているそれ以外の服と言えば、あとはパジャマ代わりのルームウェアと会社勤めをしていたときのスーツしかないのだった。

「目の肥《こ》えた客も来るからな。とりあえず、そこそこのもの着とけ」

高級品である必要はないが、生地や縫製はしっかりとしたものを着ろと言われ、なるほど確かにと納得した。

選んでもらったものを試着して、そのなかから何点か弾いて別のものをまた着て、上下あわせて十点近い服を買ってもらった。厳密に言うと買ったのは翔哉ではなく会社だ。領収書も会社宛で切ってもらっているのを見ていたが、ふと以前聞いた話を思い出した。

「あのー、俺の記憶違いかもしれないけど、プライベートでも着られるような服って経費として落ちにくい……って、なにかで見たような気が……」

店を出てすぐ疑問をぶつける。買った荷物は今度の来店時に持ってきてくれるそうで、二人とも手ぶらだった。

「ああ、そうだったかもな」

「って絶対わかってたよね」

「細かいこと気にすんな」

「いやいや細かいことじゃないし。あれ何万したんだよ」

正確な金額はわからないのだ。ただシャツが一枚につき、一万円を下らないのは確かで、当然ジャケットやボトムはシャツよりも高い。経費で落とすからと言われておとなしく買ってもらっていたが、それが落ちないとなれば話は別だ。

「自分で払うし」

「就職祝いだ」

「それおかしいでしょ」

翔哉は雇用主だ。普通、雇用主は新しく雇い入れた従業員に就職祝いなど出さない。どう考えても無理があった。まして就職祝いの金額ではない。

「あんまりいろいろもらいすぎて、どうなんだろうって感じなんだけど……」

精神的な意味でも、就職や住居という意味でも、怜衣は翔哉からもらってばかりだ。学生という立場ならまだしも、怜衣は社会人なのだ。

「だったら労働で返してもらうわ」

「労働？　家事とか？」

「それと家主へのサービス」

「………」

とてつもなくいやな予感がして怜衣は黙り込む。並んで歩く翔哉をちらりと見ると、意味ありげに

笑っていた。

どんなサービスか尋ねるのも気が引けた。

「聞かねぇのか？　サービスの内容」

「どうせエロいことでしょ」

「正解。回数に充《あ》てるか？　それとも内容に充てるか？」

「な、内容……？」

恐る恐る尋ねるが、翔哉は小さく笑うだけでなにも答えなかった。それがさらに怜衣の不安を煽《あお》り、視線が泳いで挙動不審となってしまう。

翔哉はますます楽しげに笑った。

「あー、やっぱ可愛いわ、おまえ」

「からかったんだ……」

遊ばれたことは悔しいが、同時にほっとしていた。だが翔哉はそんな怜衣を見て笑みを深くした。

「いまのは本気」

「えっ……」

「お、入れそうだな。ここ美味いんだよ」

真意を問おうとしたものの、店に着いてしまってそれは叶わなかった。買いものの後は食事だと言って、翔哉はイタリアンの店に入っていく。

白を基調とした外観同様に、なかも白が目立った。カウンター席には椅子が六つ並び、その向こうにはピザ釜が見える。薪《たきぎ》を使っているようで、赤々とした炎が揺れていた。

怜衣たちは窓際の席に通された。テーブル席は一つ一つの間隔が比較的広く取られていて、店内の音楽もちょうどいい音量だ。隣の会話が丸聞こえということはなさそうだった。

「女性八割……」

「この手の店は大抵そうだろ」

最も多いのは女性同士の客で、男性客はほぼカップルの片割れだ。男同士なんて怜衣たちしかいなかった。そのせいもあってか、一部の客の意識は彼らに向かっている。揃って容姿に優れている、というのも理由としては大きいようだ。

「飲むだろ？」

「少し」

せっかくだからワインを、ということになって、ボトルで注文した。独創的なメニューが売りらしく、ピザも変わったものが多く、他店にはないようなものを選び、前菜とメインも頼む。そう量は多くないが、飲みながら食べるにはちょうどいいだろう。

「よく来るの？」

「いや、二度目」

「ふーん……」

怜衣はちらっと店内を見まわし、小さく息をついた。

雰囲気や客層から考えて、かつて女性と来たことがあるのだろうと思った。彼が一人でこの手の店に来るとは思えないし、男友達と来ることもないだろう。そして商談で使う雰囲気でもない。

怜衣にだって恋人はいたのだから、こんなことでテンションを下げるなんておかしいと自覚している。付きあっていけば、これからだって何度も過去の恋人の気配を感じることはあるはずだし、いちいち気にすることではないのだろう。そうは思っていても、楽しい気分に水を差されたように感じてしまうことも止められなかった。

「怜衣」

「……なに？」

「言っとくが、デートに使ったわけじゃねぇぞ」

見事なまでに見透かされ、驚くよりも恥ずかしい気持ちになる。バツが悪くて翔哉の顔を見られず、逃がすようにして窓の外へと視線をやった。

窓の外には植物が植えられていて、外からの視線は遮《さえぎ》っているが、なかからは多少見えるといった状態になっていた。人通りはさっきよりも増えている。

「なにに使ったの」

「ダチの結婚式の二次会」

「……そうなんだ」

ほっと力が抜けていくのがわかる。その後つまらない嫉妬《しっと》をしたことにたまらない羞恥《しゅうち》を覚えて目を伏せた。

そのときワインが運ばれてきた。間が保《も》たなくて口を付けると、なにも言わずに翔哉もそうした。いまはあらたまった席ではない。買いもの帰りの食事だから、乾杯は必要なかった。

翔哉は上機嫌だった。傍《はた》から見たらわからないだろうが、怜衣にはあからさまだった。

「怜衣のヤキモチは可愛いよな」

「そんなものに可愛いもなにもないよ」

「あるって」

嫉妬は醜いもの、と怜衣は認識している。過去の恋愛ではそんな感情を抱く間もなく別れてしまったから、初めての感情だ。とても翔哉の言い分には納得できなかった。

「俺の嫉妬に比べたら可愛いもんだ」

「翔哉さん、嫉妬すんの？」

「するする。元上司の弱み握って、過剰なプレッシャーかけてやるくらいにはな。店から営業葉書装って、釘刺しといたわ」

「は？」

「一筆添えてな。『申し訳ありませんがウォールナットは売約済です』……みたいな感じで」

にやにやと笑う翔哉を、怜衣はなかば唖然《あぜん》として見つめた。意地の悪そうな顔をしている。なのにそこがまた格好良く見えてしまうのは、惚れた欲目というものなのだろうか。

ちらりと周囲を見て、そうではないと思い知る。翔哉に目を奪われている女性が何人かいたが、彼女たちは熱を帯びた目をしていたり、頬《ほお》を染めていたりと、少しも引いている様子はなかった。

「悪どい顔なのに……」

「うん？」

「超格好いい」

素直に言ってワインをあおる。空《す》きっ腹に染みたが、ひどく酔うほどにはならないだろう。あのバーで頻繁《ひんぱん》に酒を飲むようになって以前よりはアルコールに強くなっているという自信はあった。

照れる様子もなく穏やかな表情で怜衣を見つめる翔哉は、褒《ほ》め言葉など言われ慣れているのだ。かといって当然といったふうでもなく、単純に恋人の言葉を嬉しいと感じているようだった。

すぐに前菜の盛り合わせが運ばれてきて、そのなかからブルスケッタを摘《つ》まむ。定番のトマトではなくブラックオリーブを刻んで載せたものは珍しく、塩気が好みで機嫌も自然と上昇していく。

翔哉が嫉妬すると言ってくれたことも大きな理由だったが。

「翔哉さんと会ってから、食生活変わったなぁ……」

「いい意味で？」

「もちろん。なんか大人になった気分」

以前から外食はたまにはしていたが、学生時代と代わり映えしないところばかりに行っていた。主にチェーン展開しているようなところだ。社会人になってから付きあった元上司とは、しゃれた店で食事をしたことなどなかったからだ。

「家族と外食は？　札幌《さっぽろ》ならいいところがあるだろ」

「あるけど、縁がなかったんだよ。基本、近所の店だったし。親父が和食好きでさ、蕎麦《そば》とか寿司とか、あとはファミレスだった。高校生までだし」

大学からこちらに来ている怜衣は、せいぜい年に二回しか帰省しない。その際に現地の友達と食事に行くことがあっても、やはり居酒屋やラーメン屋などになってしまうのだ。

「和食か……うちの親父もそうだったな」

ふっと笑う翔哉は懐かしそうに目を細めていた。

怜衣はこれまで翔哉の家庭環境について詳しく聞いたことがなかった。知っているのは、三年前に祖父が他界し、肉親がいないということだけだ。自分から聞くのは憚《はばか》られたし、翔哉から語られることもなかったからだ。

思い切って尋ねてみようか。そう思って言葉を探していると、グラスを弄《もてあそ》びながら翔哉は言った。

「俺が十三歳のときに、死んじまったんだけどな」

「……かなり若い、よね？」

「そうだな。四十だったはずだ」

「お母さん……は？」

「親父が死んで三年くらいだったかな、ろくでもねぇ男に引っかかって、そいつと消えた。一年もしねぇうちに死んだらしいけどな」

翔哉は気にしたふうもなく淡々と語っているが、怜衣はなんと言ったらいいのかわからず、困惑気味に視線を動かしていた。こういうとき、どんな言葉を返せばいいのかがよくわからない。

翔哉はくすりと笑った。

「おかげで俺は祖父《じい》さん子だ。母親と暮らしてる頃にちょっとグレてたんだけどな、祖父さんと暮らすようになって、やめた」

「そのときの知りあいが、あの人たちってことか」

「そういうこと」

いわゆる不良仲間だと聞いているし、いかにもその名残のある者もいるのだが、なかにはまったく過去の姿が想像できない者もいて、怜衣には相変わらずよくわからない集団だ。わかるのは結束力がとても強く、翔哉が慕われているということだ。

「学校の友達とは付きあいないの？」

「あんまりねぇな。怜衣は？」

「俺もあんまり。ほら、俺って高校でも大学でも男と付きあってたから、バレないように警戒して、深く付きあわなかったんだ」

怜衣は苦笑した。いま思えばもったいないことをした。虚《むな》しく終わった恋愛のために友達付きあいを犠牲にしてしまったなんて。

「青春の無駄遣いしたな」

「言わないでよ。自覚してるんだから」

あんな男たちと付きあうよりも、特別な友人を作ったほうがずっと有意義だったはずだ。身に染みてそう思っていた。

「窮屈《きゅうくつ》な思いしてたんだな」

「うーん……窮屈っていうか、人目を気にしてたっていうかね。本当はあの人たちのこと言えないんだ。俺だってバレないように必死だったんだからさ」

ひた隠しにした元恋人たちのことを責める気はない。そのつもりもなかった。彼ら自身の気持ちをなかったことにされたことや、邪推して怜衣の人格を疑ったことは納得できないが、男同士の恋愛を隠すこと自体は仕方ないと思うのだ。

むしろオープンな翔哉のほうが例外なのだから。

「同窓会なんかで会ったりは？」

「出たことないし」

卒業後、中学と高校の同窓会がそれぞれ一回ずつあったが、いずれも怜衣は欠席している。自分から会いたい友達もいないし、思い出話をしたいとも思わなかったからだ。

「まぁ、俺もだけどな」

「そうなんだ?」

「ダチは学外が多かったからさ。そっちのダチとは、いまでも付きあいあるしな。同窓会は、俺が行くと空気悪くなりそうだしな」

「え?」

「担任に嫌われてたからさ。素行悪いくせに成績がいいっていう、厄介な生徒だったんだよ。しかも処罰できるような徹底的な証拠はなくて、噂《うわさ》がはびこってたし。事実だったんだけどな」

「ああ……」

思わず納得した。教師からしてみれば大層扱いにくい生徒だったのだろう。同窓会に出たくないのは同じでも、理由はずいぶんと違うものだ。

つい遠くを見る目をしてしまった。

「けど、あれだろ。怜衣んとこは、家族仲はいいんだろ?」

「あ、うん。超仲よし家族」

自然と笑みがこぼれた。父親は仕事面では切れ者として評価が高いようだが、家では子供と孫を溺《でき》愛《あい》している。フランス人とのハーフの母親は、見た目はフランス人のほうの血が濃く華やかな印象だが、中身はわりと剛胆でさっぱりとしつつもテンションが高い人だ。それから七つ上の兄は離婚して息子と実家で暮らしており、こちらとも仲は良好だ。むしろ兄がブラコン気味でたまに引くほどだった。その息子である甥も、なぜか異様に怜衣に懐いていた。

「いいよな、家族」

「……うん。でも、俺のこと知ったら、どうなっちゃうか……」

同性が恋愛対象だと知っても変わらずにいられるのか、自信はなかった。受け入れてくれそうな気もするが、そうじゃない可能性だって十分にある。だからいまだに本当のことは言えないでいた。いまの関係を壊したくないからだ。

いつの間にか視線は下向きになっていて、ちょうどテーブルの端のあたりを見つめていた。それに気づいて怜衣は顔を上げる。

「言わなくてすむことなら、言わないでおこうって思ってるけどね。あの人たちは、俺に結婚しろとは言わないだろうし」

「そうなのか？」

「兄貴が結構ドロドロの離婚劇繰り広げたからね。奥さんの不倫だったんだけど……相手が兄貴の職場の人でさ」

離婚に至るまでが大変で、兄の景衣《けい》はかなり憔悴《しょうすい》したらしい。そのせいか再婚についても慎重になり、いまのところする気もないようだった。

身内がそんな目に遭《あ》ったので、怜衣は不倫を嫌悪したのだ。

「兄貴、すっかり女性不信だし」

「それは……気の毒に」

「俺のことも心配してるよ。いかにも悪い女に捕まりそう、って」

「悪い男には当たってたな」

「そうだね」

笑って同意できるくらいには、怜衣のなかで折り合いはついている。それはもちろん目の前にいる翔哉のおかげだ。

「でも、その分いまがいいし」

過去の恋人たちの反動とばかりに、いまの恋人は出来すぎている。こんなに幸せでいいんだろうかと思ってしまうほどだ。

翔哉は人目を気にしない。だが怜衣の心情を慮《おもんぱか》って好き勝手に振る舞うことはしなかった。注意深く見ていれば十分に怪しい真似はするのだが、それは決定的な行動ではない。

現にいまも、熱く見つめはするが、触れてこようとはしないのだ。

だから大丈夫なはず、と怜衣は隣のテーブルをさりげなく気にした。

気にしてしまう自分に、心苦しいものを感じながら。

「どうした、怜衣」

「ん……なんでもないよ。ちょっと……気になっただけ」

十分な間隔があるから、こちらの会話が聞こえているということはないだろう。その程度のボリュームで話しているし、ほかの客の声のほうが響いているせいもある。ただ確実に、隣の三人組はこちらを見てはひそひそと話しているのだ。

「もしかして、思いっきりバレてる……？　やっぱ、あやしいのかな」

男同士ということで悪目立ちしていることはわかっていたが、あえて隠そうともしていなかった。だから漂う雰囲気や互いの視線から、恋愛関係を悟られてしまった可能性は高いだろう。

だが翔哉はくすりと笑うばかりだった。

「ほんとに気にしないんだね」

同じようにできたらと思うのに、いつまでたっても怜衣は思うだけだ。それが気持ちや覚悟の差のように感じられて、翔哉に対する引け目みたいなものはなくならない。

翔哉は否定してくれるだろう。気にすることはないと、以前みたいに優しく諭《さと》してくれるに決まっている。

だから怜衣は黙っているのだ。

「気にしないってのもあるが……隣の彼女らは、喜んでるみたいだぞ」

「え？」

とっさに隣を見てしまいそうになったが、すんでのところで思いとどまる。とりあえず意識だけを向けることにした。

「批判的な視線じゃないだろ？　むしろ好きなんだよ。男同士がいちゃついてるのを見るのがな」

「はぁ……」

意味がわからなくて生返事をする。確かに悪感情ではないような気がしたが、どういう心理なのかが理解できなかった。

「ま、気にすんな。その顔なら、いままでだって女にキャーキャー言われてきただろ？　それと似たようなもんだ」

いささか乱暴な結論に思えたが反論するほどの主張があるわけでもなく、怜衣は曖昧《あいまい》に返事をして料理を摘まんだ。


正社員として働く傍《かたわ》ら、怜衣はインテリアの勉強を始めた。学校へ通うつもりはないが、通信教育と店の商品を手近な見本として学び、ゆくゆくは資格を……と考えていた。

翔哉に言わせると必ずしも必要な資格ではないということだが、客からの信頼を得やすくはなるらしい。

「そういや、家族に報告はしたのか？」

「正社員になったことですか？　だったらあの日のうちにしましたよ」

客はいないが就業中ということで、怜衣の口調も社員としてのものだ。翔哉はいくぶん不満そうだが、訂正を求めることはしなかった。

「なんか言われたか？」

「喜んでくれました」

「商社から、小規模の家具店だぞ。喜んでるのか？」

翔哉が不思議に思うのは無理もなかった。怜衣の元勤め先は名の知れた商社だ。給料も前のほうが高いし、世間一般的には「格上」だと思うことだろう。知名度や規模などは確かに比較にもならない。

だが怜衣の家族はあまりそういったことにこだわらないのだ。本人が満足しているならばいいという人たちなのだった。

「俺が楽しそうにしてるから、いいみたいです」

「おおらかだな」

「ですね。なんか……家族から見ると、俺は社会人になってから元気なかったみたいです。まぁ、仕事だけの問題じゃなかったんですけどね」

「ああ……」

怜衣としては自覚もなかったのだが、両親と兄は口を揃えて言っていた。あるいは現在の怜衣があまりにも溌剌《はつらつ》としているので、比較してそう思ったのかもしれなかった。

「あと、資格取るって話もしたせいかな。やる気があるのはいいことだって」

もちろんどんな店かと知りたがったので、店内の写真を何枚か撮って送り、仕事の内容も教えた。店のホームページでもあれば話は早かったのだが、あいにくと翔哉はそのあたりに興味がないようだった。

「ふーん」

「あの……ところで、うちの家族がなにか？」

「うん。実は今度さ、仕事で札幌に行くことになったんだよ。札幌市じゃなくて、その隣の市なんだけどな。で、一緒におまえもどうかと思って。ついでに里帰りできるだろ？」

「え、そうなんですか？　あ、あれ作った工房？」

　怜衣の視線はあるダイニングセットに向けられた。契約している工房やメーカーはいくつかあるが、札幌近郊といえば視線の先にあるものを作ったところだ。ほかにも何点かここには置いてある。実家が近いということで、以前インターネットで検索してみたことがあったのだ。

「そうそう。書斎机を作りたくてさ。アイデア持ち込んで、作ってもらおうかと」

「オリジナルかぁ……」

　初めての試みではない。すでに何点か、翔哉がデザインしたり機能をリクエストしたりして、家具を製作してもらっていた。主に自分で使いたいときにそれをするようだが、同じものをもういくつか作らせて販売もしている。これが結構高評価を得ているのだ。シンプルでありながら高級感があり、かつ耐久性も高いからだ。

「いつ頃ですか？」

「来月のなかば過ぎだな。向こうはもう寒いか？」

「こっちよりは、かなり」

「そうか。で、行くよな？」

「はい？」

きょとんとしてしまったのは仕方ないだろう。まるで旅行にでも誘っているようなテンションだったのだから。

「だから同行しろよって話。もちろん旅費は会社から出るぞ。出張だからな」

「でも俺が行く意味って……」

「勉強と、工房への顔見せだ。将来的に一人で行ってもらうこともあるかもしれねぇだろ」

「なるほど」

だったら怜衣に異論はなかった。ただの付き添いだと言われたら遠慮してしまうところだった。

話がまとまったのを待っていたように電話が鳴る。電話機に近いところにいたので怜衣は受話器を取った。

「はい、欅《けやき》でございます」

丁寧な応対を心がけ、客の話を聞きながらメモを取る。先日、新居に入れるための家具を数点買って行った客で、配送の日付だけがまだ決まっていなかったのだが、今日はその決定の報告だ。北海道《ほっかいどう》へ行く数日前になった。カレンダーを見ると大安《たいあん》だった。

「立ち会いは……ああ、そうですか。では管理人の方に、当店が入ることを連絡しておいていただけますか？　はい、お預かりしている間取り図の通りに入れさせていただきますね。家具の下にフェルトを嚙《か》ませておきますので、微調整はお願いすることになりますが、よろしいでしょうか」

それからいくつかの確認を終えて怜衣は電話を切った。

「立ち会いできねぇって？」

「はい」

「そうか。まぁいいや、俺が行くわ」

家主がいるならば配送業者に任せてしまえばいいが、いないのならばそうもいかない。翔哉か怜衣が同行し、客が以前来店したときに持ってきた間取り図を見ながら配置しなくてはならないのだ。それでもいいほうだった。買うときにさんざん家具のサイズと部屋の広さを検討しながら話しあったので、設置場所も向きもわかっているからだ。ただ買って行っただけの客だとこうはいかない。

「手配しといてくれ」

「はい」

怜衣は家具専門の配送業者に連絡し、予約を入れる。それが終わった頃、店に二人連れの客がやってきた。熟年夫婦といった男女だ。

「いらっしゃいませ。ごゆっくりご覧ください」

笑顔でそう言い、あとは放っておく。話しかけたり、ついてまわったりはしない。そのほうが気楽に見てもらえる、というのが翔哉の考えだからだ。

どうやら二人は地方でセカンドライフを送る予定らしい。調度品への出費は惜しみなくするつもりのようだ。輸入家具も考えて見に行ったのだがイメージにあわず、知りあいに紹介されてここを訪れたという。

「ねぇ、このテーブルは希望のサイズにしてもらえるのよね？」

「はい。セミオーダーですので、サイズだけでなく、端のカーブの角度もご希望通りにできますよ。脚の形を変えることも可能です」

「材料の木を変えられる？」

「サンプルの木材をお持ちしましょうか？」

「そうね。濃いめの色がいいんだけど……あ、その前に上を見ていいのかしら」

「どうぞ。ではサンプルを用意しておきますね。なにかありましたら、お声をかけてください」

熱心なのは妻のほうらしく、夫は隣でにこにこしているだけだ。怜衣も笑顔で夫婦を二階へと送り出し、数種類のサンプルを用意してテーブルに並べた。手のひらサイズの木片で、木の色目や手触りが確認できるようになっていた。

ふとカレンダーに目をやる。来月の中旬といえば、紅葉も見頃だろうか。もし多少でも時間があるならば紅葉スポットに案内するのもいいかもしれない、とひそかに思う。

とりあえず家族に連絡をしよう。もう一年以上、怜衣は帰省していない。そう頻繁《ひんぱん》に帰るわけではないが、それでも年末年始は実家に戻っていた。今年に限ってそれをしなかったのは、恋人のために時間を使ってしまったからだ。三が日は完全にフリーだから一緒にいたいと言われ、なにも疑わずに自宅で恋人と過ごしていた。いまとなっては苦笑するしかない。後でわかったことだが、本命の彼女が家族と海外旅行だったために身体が空いていたらしい。

自然と苦々しい顔になっていたことを自覚し、怜衣はふっと肩の力を抜いた。

思い出しても胸は痛まない。けれども苦いものはいまだに込み上げてくる。それは後悔や恥ずかしさから来るものだった。

いつかこの気持ちが薄れて思い出せなくなる日も来るだろう。時間と、翔哉という存在がそうしてくれると、怜衣は強く信じていた。

この日は東京《とうきょう》も北海道もよく晴れていた。

飛行機はほぼ予定通りに到着し、手荷物だけの二人はそのまま空港の外へ出る。近くで車を借り、いまはナビを頼りに札幌市内を目指しているところだった。

助手席で怜衣は母親宛のメールを打っていた。実家に寄るのは明日の午後になることを告げたが、いまだにすべてを教えてはいなかった。家族は怜衣がたった一人で出張に来ていると思っていることだろう。

社長の翔哉に同行していることを、いまだに言っていないのだ。言えば挨拶《あいさつ》をしたいと言い出すに決まっているからだ。

別に困ることはない。けれども恋人でもある翔哉と並んでいるところを見たら、家族がなにか気づくのではないか――つまり恋愛関係を察してしまうんじゃないかという懸念が、どうしてもぬぐいされないのだ。

メールを送信してすぐに返信があった。本当に泊まれないのか、という確認だった。立ち寄って顔は見せるがホテルに泊まるという話をしてあったからだ。電話したときに水くさいと拗《す》ねられたが、仕事で来ているからという理由にもならない理由を押し通した。一応は引き下がったが、納得はしていないようだった。

「本当に仲がいいな」

「うーん……まぁ、そうかもしれないけど……」

「なんだ？　なにか引っかかるのか？」

ハンドルを握る翔哉は、ちらりと一瞬だけ怜衣を見た。

「前にも話したことだよ。カミングアウトできないでいるからさ……なんていうか秘密を持ち続けてるのって、心苦しいっていうか……」

「ああ……」

「あと、翔哉さんに悪いなって」

「俺に？」

思い当たることはないといった表情に、翔哉らしいなと思った。彼は本当に自身に対して正直なのだろう。したいから、する。逆にしたくないことは仕事でもない限りはしないのだ。

「翔哉さんみたいに、堂々とできないし」

「そりゃおまえ、持ってるものの差だろ。立場の違いっていうかさ。俺は家族いねぇし、親戚なんか他人と変わらねぇのが何人かいる程度だ。壊したくない関係ってのはねぇんだよ。おまけに仕事もこうだし」

家具販売店の店主が同性愛者でも商売に影響はほぼないといっていい。嫌悪感を抱く客もいるだろうが、自分の身内でもない限りは当たり障りのない態度を取る者がほとんどだろう。翔哉には隠す気もないが、わざわざ吹聴する気もないからだ。そして翔哉にしても怜衣にしても、立ち居振る舞いや言葉使いが女性っぽいわけでもない。

「バーの常連さんとかは理解あるもんね」

「あいつらだって、ただの先輩後輩だから受け入れたってのはあるだろうさ。自分の兄弟や親戚だったら、また違うんじゃないか。境遇が違うんだから、しがらみの多さも違って当然だ」

翔哉の言うことは理解できる。だが怜衣と彼の差は、家族がいるかいないか、でしかないのだ。仕事は同じなのだし、怜衣は友人関係が希薄だから守るほどのものもない。それをすべてわかった上で、彼はこの気持ちを思いやってくれる。

自分にはもったいないほどの人なのに、そう言ったら絶対に否定するだろう。

きれいなラインの横顔をじっと見つめる。彼への想いは、とっくに好きという言葉だけでは収まりきらなくなっている。

まぶしくて、愛しくて、大切で。

だからこそ同じものを返せない自分がもどかしいのだ。人としての器だとか性格が違うことも十分過ぎるほど承知しているが。

「翔哉さんって、寛容だよね」

「細かいことを気にしねぇだけだろ」

そんなことはないと反論しようとした怜衣だったが、急に恥ずかしくなってやめた。褒め言葉の羅列になりそうだったからだ。

一瞬黙り込んだのを話の終わりと判断したのか、翔哉はがらりと話題を変えてきた。

「ところでさ、土産《みやげ》考えたか？」

「常連さんだけでいいんだよね？」

「ああ」

「だったら海鮮はどうかなって。一人一人に渡すんじゃなくて、バーで料理として出す感じ。カニとかホタテとか」

「そりゃいいな」

「たんに食材仕入れるとも言うけどさ」

「十分だろ」

まとめて買えばいいというのは楽でいいと思った。会社に勤めていたときと違い、数が足りるか足りないかや、舌の肥えた女子社員の反応を気にしなくてもいいわけだ。

こんなに気楽に土産物を買うのは修学旅行以来かもしれなかった。

それから三十分ほど走り、ナビに導かれて最初の目的地に到着した。広い敷地にログハウス調の大きな建物があり、看板にはギャラリーを兼ねた工房であることが記してあった。ホームページで見た通りの建物だ。

約束した時間より五分ほど早いが、これは途中で調整したおかげだ。余裕を持って設けられている駐車スペースに車を停め、ギャラリーに入っていく。なかには様々な家具や小物が展示されていた。欅に置いてあるのと同じものもあった。

ギャラリーの奥は広い工房だ。繋《つな》がってはいるが建物としては別らしく、木材を置いておく場所でもあるようだ。

「遠いところをようこそ」

現れた人物はこの工房のオーナーだ。従業員はほかに二人いるそうだが、オーナー自身も職人でありデザイナーでもあった。

「今日はよろしくお願いします。これ、うちの新人の胡桃沢《くるみざわ》です」

「初めまして。お会いできて嬉しいです」

作ってもらった名刺を渡し、挨拶をすませる。電話では何度か話したことはあるから、初対面という気はしなかった。

「こちらこそ。〈欅〉さんが社員を入れたと聞いて、どんな人かって楽しみにしてたんですよ。一人でのんびりやってく、ってずっと言ってたもんだから」

「そうなんですか？」

思わず翔哉に尋ねてしまう。するとバツが悪そうに苦笑された。

「そんな気分のときもあったな」

「まぁよかったじゃないですか。二人いるといろいろ楽でしょう」

「確かに」

最初に当たり障りのない話をした後、お茶を振る舞われ、こちらからの手土産を渡す。怜衣が選んだ菓子だ。

頃合いを見計らって翔哉はイメージ図をテーブルに広げ、それをオーナーが覗き込む。

翔哉が作りたがっているのは、可動式の書斎机だ。奥行きはそれほどない三つのデスクが連結している形で、左右の机の向きが変えられる――つまりまっすぐの長い机としても使えるし、L字型にもコの字型にも使えるということだ。

「奥行き的には浅めのデスクになりますね」

「そこを安っぽく見えないように、なんとか」

「うーん……」

二人のやりとりを怜衣は黙って聞くのみだ。怜衣としては挨拶した時点で、ここでの目的は達したようなものなのだ。

短い言葉で断って席を立ち、ギャラリーのなかを見てまわる。家具のほかにも、木材で作ったキーホルダーや食器、子供用の玩具《がんぐ》やティッシュボックスといったものが展示されていた。もちろんここで購入もできる。

(照明カバーもか……)

細工が美しく、見ていて飽きない。試験的な作品もあるらしく、寄せ木細工のような箱やカラクリ箪笥《だんす》らしきものも置いてあった。

翔哉たちは白熱した話しあいを続けていて、どこか楽しそうにも見える。そのうちに工房に移動し、端材《はざい》を使って可動部分のモデルを試作し始めた。もちろん怜衣もついていって見ているが、口は挟まなかった。

二時間近く、ああでもないこうでもないと検討しあい、互いに納得する仕組みが決まった。

退屈はしなかった。自覚していたよりもずっと、怜衣はこの仕事に興味があったらしい。それに翔哉が楽しそうなのを見ているだけで楽しかった、というのもあった。

恥ずかしいから誰にも言うつもりはないけれども。

工房を離れると、自然にほっと息をついていた。なにをしていたわけでもないのに少し疲れていた。

「よし、とりあえず仕事は終わりだな」

「初日の午前中なのにね」

翔哉の切り替えの早さには驚かされる。オンとオフがはっきりしているのだ。思わず怜衣はくすりと笑った。

せっかく北海道に行くのだから、というのが翔哉の言い分だ。二泊三日の旅程のうち、初日の昼までに仕事を終わらせてしまい、あとは社員旅行という名のプライベートタイムにしてしまえ、というわけだった。

ホテルへの道すがら、よさそうな店でゆっくりとランチを取り、チェックインの時間にあわせて着くようにした。

ビジネスホテルではなく、ランクも価格も高いシティホテルで、部屋は二つ。これは翔哉が気を遣ってくれたためだ。シングルルームとダブルルームが一つずつで、怜衣はシングルを使うことになった。そしてなぜか、ダブルルームには翔哉が架空の女性と一緒に泊まることになっていた。後から来る、ということにしたらしい。

それぞれの部屋まで案内され、一人になって怜衣はふっと息をついた。翔哉の部屋は同じフロアの向かいだった。

カードキーを手に翔哉の部屋に行く。部屋は広く、当然ベッドも大きかった。

「さっきのなに？　なんでわざわざ、もう一人いることにしたの？」

宿泊料金としては変わらないことは知っている。食事なしのルームチャージなので、この部屋は一人だろうが二人だろうが同じなのだ。ホテルの出入り口は複数あるので、実際の出入りがなくてもホテル側が不審に思うことはないはずだし、万が一翔哉が一人で泊まったと知られたところで、予定が変わったのだと言えば納得するだろう。そもそも違法行為でもなんでもないから、咎《とが》められることでもない。

首を傾げていると、翔哉は大きなベッドをぽんぽんと叩いた。

「夜はおまえもこっち、な。向こうのベッドは適当に乱しとけ」

「は？」

「旅先だからって自重はしねぇから、一応カモフラージュしとこうかと思ってさ」

「……するの？」

「するよ」

「マジか」

明日は家族に会うというのに、大丈夫だろうか。一抹の不安が過《よぎ》る。

怜衣がよく言われるのは、セックスをした翌日は妙に色っぽい、という意味合いの言葉だった。常連客がそう言うということは、夜までその雰囲気は残っているということだ。それとも彼らは怜衣たちの関係を知っているから、そう思うだけなのだろうか。

「……バレないかな」

「色っぽさは滲《にじ》み出ちまうだろうが、普通は男としたって結びつけねぇだろ」

「だよね」

ほっとしてから、我に返った。いまの流れでは、今晩ここで翔哉に抱かれることに同意したようなものだ。

「いや、あのなにも旅先でしなくても」

「旅先だからするんだろ。気分が変わって、盛り上がるかも。夜景見ながらも、いいよな」

高層階だから景色はいい。かつて自分が住んでいた街だが、こんなふうに見たことはなかった。子供の頃にテレビ塔に登ったことがあったはずだが、あまりよく覚えていないのだ。きっと景色に興味がなかったのだろう。

「朝メシはルームサービスな」

「ああ……そういうこと」

女性と二人で泊まっていることになっているのだから、二人分の朝食を頼むのは自然なことだ。怜衣が顔を出さなければ問題はない。一方で怜衣が本来泊まるはずの部屋は、朝食を頼まなくてもこれまた不自然じゃないはずだ。朝は食べない人間は珍しくないだろう。

怜衣は言葉を交わしながら部屋に置いてあるルームサービスメニューやパンフレットを眺めていた。ホテルの案内のなかには結婚式に関するものもあった。

「あれ……？」

純白の衣装に身を包んだカップルの写真に、怜衣の目がぴたりと留まる。

よくある写真だ。無人のチャペルで新郎新婦が幸せそうな笑顔を浮かべている。その新郎役の顔に見覚えがあったのだ。

「どうした？」

「あ、いや……」

どうしたものか。一瞬迷ったが、別に隠すほどのことでもないだろうと小さく頷く。

そうして怜衣は、写真が載ったページを翔哉に見せた。

「この人、俺が最初に付きあった人なんだけど。あ、男で……って意味ね」

「……へぇ」

翔哉は少し意外そうな顔をした後、顔を寄せて写真をまじまじと見た。心なしか声が低かったような気がした。

「モデルかなにかやってんのか」

「さぁ。その後のことは知らないから」

怜衣の耳にこの元彼の動向を伝える者などいない。在学中は仲がいいことを知られてはいたが、なにしろ怜衣の友達付きあいが希薄《きはく》過ぎたのだ。

先輩――阪本篤史《さかもとあつし》がモデルかなにかをやっているのは間違いないだろう。この道だけで生計を立てているのかどうかまではわからないが。

「まぁまぁのイケメンだな」

「翔哉さんには到底敵わないけどね」

「惚れた欲目か？」

「それ抜きにしてもだよ。客観的に翔哉さんのが男前」

顔立ちも翔哉のほうが断然整っているし、なにより滲み出る雰囲気がまったく違う。年齢的なものもあるかもしれないが、たとえ阪本が翔哉の年齢になったとしても、同じような深みや大きさは出ない気がした。

「それに……なんていうか、ちょっと残念な人だったんだよね……」

「残念？」

「うん。自意識過剰っていうか、ナルシストっぽいっていうか。別れるときも『俺よりいい男なんて無理だろうけど、頑張れ』みたいなこと言ってたし」

「マジか！」

翔哉は爆笑した。写真を見た後だけに想像してツボにはまってしまったのだ。あらためて写真を見て、怜衣も少し笑った。

当時はショックもあったものだが、いまとなっては笑い話でしかない。

「黒歴史になってんじゃねぇか？」

「どうだろ。案外そのままだったりして」

「そりゃ痛いな」

実際のところはどうだか知らないし、怜衣にとってはどうでもいいことだった。阪本はもう過去の人だ。興味はなかった。

翔哉はパンフレットを閉じ、怜衣を見つめた。

「それはそうと……実はついさっき、飛騨《ひだ》の工房からメールが入ってさ。これから電話することになってんだ」

「なにかあったの？」

「こないだの椅子の件」

「あ、背もたれの角度？　やっぱり変えたいってこと？」

「らしいな。ちょっと長くなりそうだし、晩メシまで好きにしてていいぞ。あっちの部屋で寝ててもいいしな」

「んー、じゃあちょっとブラブラしてこようかな。懐かしいし」

「気をつけろよ。ナンパされねぇようにな」

「ないない」

笑いながら部屋を出て、怜衣は一度脱いだコートを着る。バッグとキーを持って外へ行くと、とりあえず周辺をうろつくことにした。目的はないので、食事までの三時間ほどをどうやって潰そうかと考える。

買う気はないが、服でも見ようか。だが店員に話しかけられると、買わないといけないような気がしてしまうので苦手なのだ。映画を見たい気分でもないし、一人でカフェに入ろうという気にもなれない。

普通に街を歩いてもいいのだが、怜衣はそれほど詳しくはないし、思い入れもない。高校卒業までこちらに住んでいたとはいえ、自宅は街の中心部から外れているし、高校に入ってからは友達付きあいも希薄になり、一緒に遊びに来るようなこともなかったからだ。最初の彼氏である先輩に何度か連れられてきたことはあったが、その記憶もすでに薄くなっていた。

だったら駅の周辺をうろつくだけでいい、と思った。商業ビルはあるし、百貨店だって地下街だってある。

「あ……そうだ」

実家への手土産として菓子も持ってきたが、甥にもなにか買っていこう。唐突にそう思いついた。七歳になる甥は、年に一度か二度しか会っていないのに、なぜかとても懐いてくれている。甥用の土産があれば喜んでくれるかもしれない。

（けど……なにがいいんだろ……）

七歳の男子がなにを欲しがるのか、いま子供たちのあいだでなにが流行っているのか、怜衣にはわからなかった。当時の自分を思い出しても、それが今の子に当てはまるとは限らないし、そもそも時代が違う。

ゲームか本か、それともオモチャか。

（……店員に聞けばいいか）

年齢と性別を告げてプレゼントを、と言えば、店員がそれらしいものを選んでくれるだろう。あるいはいまから兄にメールを送って好きそうなものを教えてもらうか。

通行の邪魔にならないところに移動して立ち止まり、兄にメールをする。仕事中だろうから、すぐ返事は来ないだろう。

怜衣がホテルに戻ったのは一時間ほどたってからだった。本とお茶を買い、翔哉に呼ばれるまでは部屋で過ごそうと決めていた。結局のところ、ホテルと隣接した商業ビルにずっといて、街は散策しなかった。

エントランスを横切ってエレベーターを目指していた怜衣は、どこか遠くで「あっ」という男の声を聞いた。エントランスに響いた声だったが、特に気に留めることもなく歩を進める。エレベーターの前まで来たとき、後ろから誰かが駆け寄ってきたことに気がついた。

「胡桃沢っ……？」

「はい？」

とっさに振り返り、怜衣は首を傾げた。声をかけてきた青年は、これといって特徴がなく、年は同じくらいだ。誰かはよくわからないが、どこかで見たことがあるような気がした。

「やっぱそうだった。絶対そうだと思った」

青年は来た方向を振り返って大きく手を振った。その視線の先には二人の男が立っている。遠すぎて、顔まではわからなかった。ただその彼らが合図を受けて近付いてくるのはわかった。

「いやー、ほんと久しぶり」

「はぁ……」

「帰って来てたんだ？　つーか、いまこっち？　東京で就職したって聞いたんだけど……あ、ホテルにいるってことは出張かなにか？」

「ええと……」

怪訝そうな顔になってしまったのは仕方ないだろう。だが相手は気分を害したふうもなく、苦笑を浮かべた。

「あー、覚えてねぇ？　わりとショック」

「すみません。あー……もしかして啓大《けいだい》付属の？」

「そう！　阪本のダチだよ」

彼は笑いながら、近付いてくる二人を指さした。すでに顔の判別ができるくらいに、近くまで来ていた。一人はついさっき写真で見た顔だった。

運が悪い。いくら地元だからといって、阪本と再会しなくてもいいだろうに。

「俺、篠山《しのやま》ね。まぁ胡桃沢とは、あんまり話したことなかったもんな」

だから仕方ないとばかりに彼は笑い、怜衣も曖昧な笑顔を浮かべた。

思い出した。篠山と名乗った彼は阪本と仲がよく、三人くらいでよくつるんでいた。そしていまだに集まっているらしい。怜衣はもう一人の名前も知らないが。

「おー、ほんとに胡桃沢くんじゃん」

「……どうも」

怜衣は名前を知らない先輩に軽く頭を下げた。隣にいる阪本は笑顔だが、どこかぎこちないように感じられた。

「阪本先輩も、お久しぶりです」

「ああ。ほんと……久しぶり」

いまさら胸は痛まないし、動揺することもない。ただし嬉しくもなかった。阪本だってそうだと確信できた。

「びっくりだったよ。こいつ、あれ絶対胡桃沢だって言って、急に駆け出してくからさ」

「そうだったんですか」

「うん」

怜衣はあえて阪本ではなく、最初に声をかけてきた篠山に向き直った。

「それにしても、俺のことよく覚えてましたね」

「忘れるはずねぇって。胡桃沢、有名だったしさ」

「え？」

怜衣はぎくりと身を固くしたが、表情にまでその動揺を出すことはしなかった。言い方は悪いが、何年も恋愛関係について周囲を欺《あざむ》いてきたのだ。そうそうボロを出すようなことはしない。

だがすぐに杞憂《きゆう》だとわかった。

「ハーフのイケメンって、入学したときから騒がれてたもんな」

もう一人の先輩の言葉に、そういうことかと納得した。確かに入学当初、怜衣はむやみに注目を浴びていた。子供の頃から容姿を褒められ、ときには熱っぽい視線を向けられ、ときにはやっかみを浴びせられてきたから、すでにうんざりしていたのだが。

「クォーターですけどね」

「そうだっけ？」

「で、胡桃沢はここ泊まってんの？」

「ええ。社長の付き添いなので、一人だけ実家に泊まるわけにもいかなくて」

「そうなんだ。やっぱここって、部屋広いの？」

「うーん、俺はシングルなので……あ、でも景色はいいですよ、すごく」

「だよなぁ」

篠山は羨《うらや》ましそうだ。こちらに住んでいたら、そうそう市内のホテルに泊まることはないだろう。これが女性ならば趣味で宿泊することもあるかもしれないが、男でそういった者は少ないはずだ。

それから篠山は急に阪本を見た。

「宿泊券はもらえねーの？」

「無理だっつーの。ケーキセット半額チケットで満足しろよ」

なんの話かと首を傾げていると、気づいたもう一人の先輩が阪本を指さした。

「こいつ、ここの仕事やったんだよ。知ってる？　式場のポスターとかパンフのモデル。新郎役ってやつ」

「ああ……そうなんですか」

どうやら半額チケットを使ってラウンジでケーキセットを食べていたらしい。本当に仲がいいなと、怜衣は少し羨ましく思ってしまった。

同性と付きあっていることが後ろめたくて、怜衣は友達すら作れなかったというのに、阪本はいまだに高校の友人たちとこんなにも親しくしている。考えすぎて動けなくなっていた怜衣に問題があったことは承知しているが、悔しいと思う気持ちは捨てられなかった。

「阪本先輩、モデルになったんですか」

本人の顔も見ずに呟くと、篠山たちは意外そうな顔をした。

「あれ、知らなかったの？」

「はい。高校の友達とはほとんど付きあいないし、実家に戻るのも年に一度か二度なので」

「そっか。こいつ、大学んときからちょこちょこモデルやってたんだよ。こっちじゃそこそこ売れてんじゃないかな。基本はバーテンだけどな」

「違う、モデルが本業でバーがバイト」

「はいはい」

篠山たちは慣れた調子で阪本をあしらっている。彼らの様子を見る限り、実情に近いのは篠山たちの言葉なのだろう。モデルの仕事も地元に限られているようだ。それでもテレビで流すローカルＣＭにも出たことがあるらしく、友人二人は自分のことのようにテンション高く説明し、黙って聞いている阪本は、わずかに鼻を膨《ふく》らませていた。どうだと言わんばかりに。

「モデルっていえば、胡桃沢もそれっぽいよな」

「まさか」

「いやでも、すげー垢抜けたっていうか……ますますモデルっぽくなったな」

「ただの一般人ですよ。母方の影響で、ちょっと派手に見えるだけです」

そのせいで怜衣はむしろ苦労してきた。篠山たちに悪気はないのは知っているから、特に気分は害さなかったけれども。

阪本はおもしろくなさそうな顔をした。実際にモデルをしている彼の前で、友人たちが怜衣の容姿を褒めていることが気に入らないのだろう。かといって否定的なことを口にする様子はない。怜衣に対して、ある意味腰が引けているところがあるからだった。

推測はたやすかった。過去のことを怜衣にバラされたら……という懸念があるのだろう。

なにげなく視線を下げたとき、阪本の左手薬指にシンプルなリングを見つけた。

「……あれ、結婚されたんですか？」

ここでようやく怜衣は阪本の顔をまっすぐに見つめた。あの頃よりも確実に年を重ね、少年っぽさがなくなっている。世間一般的に「イケメン」と呼ばれる男であるのは間違いなかった。

だがそれだけだ。ほかになんの感慨も浮かびはしなかった。

視線があうと、阪本は目に見えて動揺した。

「うん、まぁ……」

「そうそう、こいつ実は新婚ホヤホヤなの。デキ婚でさ、いま奥さんは妊娠六ヵ月」

「それはおめでとうございます。奥さんを置いてくるなんて、ケーキが嫌いな方なんですか？」

「いまちょっと、つわりで……なんか、全然おさまらないっつって……大変みたいでさ」

どこかで聞いたような話だ。怜衣は少し遠い目をした。

阪本の妻は症状が重いということで、ずっと旭川《あさひかわ》の実家にいるらしい。そのまま出産し、産まれてからもしばらく戻らない予定だという。

友人たちの補足によると、そんなわけで阪本はいま現在一人暮らし。独身時代のように羽を伸ばして遊び倒しているそうだ。

本人は慌てて否定していたが。

「相変わらず、すげーモテんのよ。浮気もするしさー」

「してねーって」

「どこからが浮気で、どこまでがセーフかって話だよなー。俺はキスからが浮気だと思うんだけど、こいつはキスまではセーフって言うんだぜ。美香《みか》ちゃん……こいつの奥さんは二人きりで会ったら浮気って言うし。胡桃沢はどう思う？」

「さぁ」

微苦笑を浮かべて流すことにした。数ヵ月前に二股をかけられて関係破綻をした怜衣にとって、この話題は不快なものだった。あの男と別れたからこそ翔哉にも出会えたのだから、いまとなっては捨てられてよかったわけだが、浮気や二股自体を肯定するつもりは皆無だった。

阪本は目に見えてびくびくしていた。

「胡桃沢は彼女いるんだろ？」

「いませんよ」

「マジか」

「はい」

「そんなことよりさ、社長と一緒に出張なのか？」

阪本は強引に話を逸らし、友人二人に怪訝そうな顔をされていた。明らかに不自然なのだが、彼らは浮気云々の話で都合が悪いからごまかそうとしている、とでも思ったのか、にやにやしながら阪本を眺めつつも、あえて突っ込んだりはしなかった。

「そうです。札幌出身なので、なぜか同行することに」

「へぇ、なんの仕事？」

「家具店です。午前中も工房で打ち合わせをしてきたんですよ。夕方まで、自由時間なんです」

まるで夜には会食でもあるような言い方をわざとした。嘘は一つも言っていない。

ついでだから、怜衣は三人に名刺を渡した。遠方なので客となることはないだろうが、それは最初から期待していない。

渋々といった様子で、阪本は店のカードを取り出した。友人二人が名刺もなにも持っていないということで、おまえくらいなにか渡せとせっつかれたためだ。

「お二人はなにをなさってるんですか？」

平日の昼間にホテルでケーキセットを食べているのだ。会社員や公務員という線は考えにくい。わざわざ有休を取ったという可能性も、ないではなかったが。

すると二人は口々に説明した。篠山は実家のラーメン店を手伝っていて、今日は定休日。もう一人は先日勤めていた会社を辞め、いまは職を探している最中だという。

それから少し雑談をして、三人とは別れた。阪本がひどくもの言いたげな顔をしていたから、ある程度の予感はあったのだが、部屋に戻って五分もしないうちに、それは現実のものとなった。

備え付けの電話が鳴り、出るとフロント係からだった。そこで出された名前に、ああやはりと思って返事をする。

阪本が下で待っているという。フロントで怜衣の名前を出し、呼び出させたらしい。

断ることもできたが、明日も来られたら面倒だから応じることにした。

エレベーターでフロントがあるフロアまで下りると、扉が開いた途端に阪本の姿が目に飛び込んできた。

「どうも」

「ああ……」

「会社の名前とか、代表者の名前で泊まってたらどうするつもりだったんですか？」

「……そんときは、実家に電話してなんとかしようと思ってた」

「そうですか」

高校のＯＢだといえば、家族はとりあえず怜衣の耳には入れるだろう。阪本は何度か家に来たことがあるから、あるいは積極的に携帯電話の番号を教えるくらいはしたかもしれなかった。

「お一人ですか？　ほかの先輩方は？」

「改札前で別れた。俺は買いものがあるからって」

「ああ……それで？　もしかして、釘を刺しに来たとか？」

わざわざ一人で戻った理由などそれ以外に考えられなかった。表情がわずかに強《こわ》ばったことから見ても間違いないだろう。

怜衣はふうと息をついた。

「そんなことしなくても、言いませんよ。メリットがないでしょ」

「俺とよりを戻そうとか……」

「はあっ？」

思わず取り繕うことも忘れ、素《す》っ頓狂《とんきょう》な声を上げてしまった。その声はエレベーターホールに響き渡ったが、幸いなことに近くには誰もおらず、またそれほど遠くまでは届かなかったらしい。聞こえた者もいたらしいが、こちらを見た後すぐに視線を外していった。

「いまさら先輩に興味はないんですけど」

「なんでだよ」

「いや、こっちが『なんで』なんだけど」

どうして阪本が不満げな態度を取るのか理解できなかった。ここは喜ぶべき場面だろうに。

まさか、の考えが頭を掠める。このおめでたい男は、あんなふうに振った相手が、いまでも自分を好いているとでも思っているのだろうか。あるいは再会して、恋心が再燃するとでも。

ありそうな話だ。別れ際の言葉を思い出し、溜め息をつきそうになった。

「もしかして、俺のこと好きでもなんでもないくせに、対象外だと言われるのはおもしろくないとか、そういうこと？　本気でまだ俺があんたのこと好きだとでも思ってんの？」

「だっておまえ、恋人いねぇんだろ？　それって俺のこと忘れられないからだろ？」

「……あんたのその思考にびっくりしてる……」

頭が痛くなりそうだった。自意識過剰やナルシストを通り越して、これはもう痛い人だ。残念すぎて溜め息も出てこない。

「なんで俺がいまだにあんたのこと思い続けていなきゃならないの？　さすが、『俺よりいい男なんて無理』とか言う人は伊達《だて》じゃないよね」

「だってそうだろ？　おまえがゲイなのかバイなのか知らねーけど、俺よりいい男が男を選ぶとか、ないだろ」

「……なるほど」

そういう意味だったのかと思わず頷く。彼の言い分はある程度納得できた。誰もが認めるいい男で、かつ同性と恋愛しようという男となったら、出会う確率はかなり低いだろうから。

ただし同意するつもりはなかった。贔屓《ひいき》目をなしにしても、翔哉は阪本よりもずっといい男だからだ。外見でも中身でも。

もちろん言うつもりはない。過去にあと二人、世間的にイケメンと言われる容姿の男が、一時的にでも怜衣の恋人になっていたことも黙っていることにした。面倒くさかった。

自信満々の顔を見ていたら、少しだけ悔しかったけれども。

「まぁ……とにかく言うつもりはないから安心してください。浮気とか不倫とか二股とか、死ぬほど嫌いなんで。あ、仮に先輩がフリーでも、そんなつもりないですから。好きな人もいますし」

「え、いんのっ？」

「いますよ。もちろん先輩じゃありませんから安心してください」

「どんなやつ？　男だよな？」

「先輩には関係ないでしょ」

そもそもなぜ食い下がるのか。阪本の思考が怜衣には理解不能だ。触れて欲しくない過去の汚点だというならば、興味すら抱かなければいいのに。

どんな相手だとなおも問うのを軽くいなし、怜衣は追い返すようにして阪本をホテルの出口へと向かわせた。仕事をしているホテルということもあり、彼自身も目立つ行動は避けたかったようだ。

やれやれと溜め息をつく。部屋に戻ってごろりと横になり、翔哉が呼びに来るまで本を読んでいた。

ノックの音に気づいたときには、外は真っ暗になっていた。

「お待たせ」

「無事に終わった？」

「ああ」

翔哉は部屋に入って来て、ベッドに腰かけた。店は予約しているので、もう少し時間を潰さなくてはいけない。

ちょうどいいから、阪本の話をすることにした。

「実は、ロビーのところで高校時代の先輩三人に会って……うち一人が、元彼だったんだけど……」

「へぇ？」

翔哉の目がきらんと光ったように見えた。興味を持ったというよりも、どこか剣呑《けんのん》な気配を感じさせる目だった。

そんな些細《ささい》な変化に喜びを覚えつつ、怜衣は彼らとのやりとりを——特に阪本の言動について説明していった。

「で、わざわざ釘刺しに戻って来て」

「一人でか？　ってことは、二人きりになったのか」

心なしか声が低く思えて、怜衣は慌てて言い訳をした。

「エレベーターホールだよっ？　人目があるとこだから……！」

たまに人も通っていたし、そのときは話を中断させつつ、ちゃんと阪本との距離も取っていた。それを力説すると、少し翔哉の雰囲気が落ち着いた。

もしかしてこれは嫉妬なのだろうか。

「ごめん。まずかった……？」

「単純におもしろくねぇだけだ。おまえに非がないのはわかってるし、信用もしてる」

「そ……そっか」

「つまんねぇ嫉妬だから気にするな。最初の彼氏ってだけでムカつくんだよ。俺の知らない、高校生の怜衣を知ってやがるんだからな」

「………」

怜衣は唖然とした。本当に嫉妬だった。

だとしたら、大学生の怜衣を知っている二人目の彼も、嫉妬の対象になるということだろうか。いや、そもそも怜衣には中学校時代も小学校時代も、さらに小さな頃もあったわけだが、その当時の知りあいや彼女も含まれるのだろうか。

予想外過ぎて言葉に詰まってしまった。翔哉は本気でおもしろくないと感じているらしくて、なにを言ったらいいのかわからなかった。

「それで？」

「え？」

「釘差しただけか？」

「あ……ああ、えっと……なんか変な思い込みしててさ……」

しどろもどろに阪本の言ったことや態度を教えると、翔哉はどんどん白けた様子になっていった。

「ムカつくのを通り越して、可哀想になってきたな」

「う……うん。俺も、黒歴史じゃなかったことに驚いちゃったよ」

「やべぇな。妙に楽しくなってきた」

さっきまでは、ひやりとした怒気のようなものを纏《まと》っていたというのに、いまではイタズラを思いついた子供のようになっている。

翔哉はパンフレットをめくり、昼間も見た写真に目をやり、ぷっと噴き出した。

「そうか、この顔があんなことを言ったわけか」

「素で言ってるからすごいんだと思う。ものすごいドヤ顔を見たよ」

「自意識過剰のナルシストって言ってた意味がわかったよ」

「悪化してたけどね」

「モデルなんてやってて、ローカルとはいえコマーシャルにも出て、ますます拍車がかかったんだろ。友達も太鼓《たいこ》持ちみたいな感じだしな」

「本業のことで弄ってたけど……基本的にはそうかもね」

いずれにしても彼らは仲がいいのだろうし、その彼らにすら怜衣との過去を話していないことは間違いない。

翔哉はサイドテーブルに置いてあったバーのカードを手に取り、ふーんと鼻を鳴らした。すぐに興味を失って、置いていたが。

「そろそろ行くか」

「あ、うん」

「明日は午前中に土産を買いに行って、ランチをどっかで食おう」

その後は別行動だ。怜衣は実家へ行き、翔哉は適当に街を散策するという。しゃれたカフェを探して、内装を見るのもいいと言っていた。

それぞれ支度をすませて部屋から出たとき、怜衣の携帯電話が鳴った。メロディで、家族の誰かだということがわかる。

表示は兄だった。昼間のメールの返事だと思い、翔哉に断ってボタンを押した。

「もしもし？」

『おー、久しぶり。もうこっちに着いたのか？』

「うん。ホテルにいるよ」

『なんだよ、マジでホテルに泊まるのか？　部屋そのままにして、いまからでも帰ってこいよ。母さんがさっきからうるさいんだよ』

言われてから意識して聞いてみると、確かに後ろで母親の声が聞こえる。甥もしゃべっているので、なにを言っているかまでは聞き取れなかった。

「無理だよ」

『母さんがホテルまで行きそうな勢いなんだが』

「ちょっ……勘弁してよ。言ってなかったけど、その……社長も一緒なんだよ」

『マジか。母さん、社長さんも一緒なんだってさ』

『あら、ご挨拶するのって無理かしら？』

母親がとんでもないことを言い出し、甥は「怜衣ちゃん怜衣ちゃん」とうるさく呼びかけてくる。

カオスだ……と怜衣は遠い目をした。

『聞こえた？』

「あ……うん。でも、社長にも用事というか都合ってものがあるから……」

ある意味予想通りの展開に苦笑がこぼれる。とりあえず押し切ろうと思っていると、急に翔哉が言った。

「明日一緒に伺うって言っといて」

「ええっ？」

『あれ、いまの社長さん？』

「あ、うん……いや、あの……そうなんだけど……」

うろたえる怜衣をよそに、翔哉はにっこりと笑顔を浮かべた。まるで電話の向こうにいる家族に向けて笑ったかのようだった。

そして電話に顔を近づけた。

「急に申し訳ありません。社長の桜庭《さくらば》と申します。わたしも一度、ご挨拶をしたいと思っていましたので、お邪魔させていただいてよろしいでしょうか？」

『は、はい。しょ、少々お待ちくださいっ……っ』

景衣があたふたしながら後ろにいる家族に報告すると、母親の「是非っ」という声が聞こえてきた。

胡桃沢家の決定権は母親が握っている。父親には大抵事後承諾となるのだ。

『お……お待ちしてます。って伝えて』

「……わかった。昼過ぎね。ご飯は食べてくから」

大きな溜め息をついて怜衣は電話を切る。恨みがましい目を翔哉に向けるが、まったく意に介していなかった。

「さて、メシだ。メシ」

軽く背中を叩かれて、とりあえず足を進める。エレベーターを待つあいだに咎める目を向けるが、悪びれるふうもない。

「まさかとは思うけど、狙ってた？」

「機会があれば、会いたいとは思ってたな」

「今回がその機会？」

「そう判断した」

きっぱりと言い切った翔哉に、それ以上なにも言う気は起こらなかった。確かに自然な流れだし、翔哉の人となりを知れば家族はさらに安心するだろう。

エレベーターに乗り込むと、二人きりだった。それを待っていたように翔哉は続ける。

「できれば、付きあってるって言いたいんだけどな」

「え……」

「一晩考えといてくれ。おまえに任せる」

翔哉は本気らしい。目を見ればわかった。急なことに怜衣は困惑するばかりだったが、真顔になっていると、軽く頭を小突かれてしまった。

「深刻になるなよ。できれば、って言ったろ」

「……うん」

「まぁ段階を追ったほうがいいんだろうしな。とりあえず顔を見せて、俺自身を認めてもらってからのほうがいいかもしれねぇしさ」

あくまで決定権は怜衣にあるらしい。曖昧に返事をして翔哉の後についていき、ホテル前からタクシーに乗り込む。

食事の後にすればよかったな、なんて苦笑する翔哉に、軽くかぶりを振ってみせた。

「大丈夫。翔哉さんといるときは考えないようにするから」

「明日までずっと一緒だぞ?」

「……じゃあ、そのときに勢いで決める」

「いいんじゃねぇか。前の会社辞めたのも勢いだったもんな」

「いいのかなぁ……」

「少なくとも、悪い結果にはなってない」

「確かに」

隣にこうして翔哉がいるのだから、最高の結果だ。だったら今度もそれでいいんじゃないか。怜衣はそんなふうに思い、かなり気が楽になった。


翔哉が数多い友人知人から情報を得て選んだ店は、テナントビルの一角にひっそりと店をかまえる寿司店だった。

繁華街のなかにありながら目立つことはなく、少なくとも観光客がこぞって来るようなところではなかった。

最初は緊張していた怜衣だったが、握りをいくつか食べ終える頃には肩から力が抜けていた。二十代なかばの男が店で多少の失敗をしたところで問題ない、と翔哉が言ってくれたおかげでもあった。

翔哉はカウンター越しに大将と雑談までしていて、東京から来ていることや、仕事で家具を取り扱っていることを教えていた。さっきからカウンターの一枚板が気になっていたらしく、しきりに褒めつつ何度も触っている。

カウンターは檜《ひのき》らしい。

翔哉は木材が好きなのだ。ときどき「フェチ」なんじゃないかと怜衣が疑うほど、家具の材料となる木に対して熱心だ。

途中で我に返ったのか、照れたように大将に謝っていた。寿司ではなく、カウンターのことで盛り上がったことに気づいたのだろう。

ちょっと可愛いと思ったことは内緒だ。

美味い寿司を存分に食べて、大将との会話を楽しんで、怜衣はほろ酔い気分で店を出た。外気温はかなり低くなっていたが、火照《ほて》った頬には心地よかった。

「美味しかったです。えーと、ごちそうさまでした」

「会社がな」

「たくさん働いて返さなきゃ」

現段階で、怜衣は過剰に金をかけてもらっている。店員として大きな失敗はいまのところないが、これといった成果もなく、以前からの客にもようやく認知してもらえたところだ。翔哉に言わせると評判はいいということだが、家具店の店員としてはまだあまりにも未熟だった。

「目標はあれだな、胡桃沢さんにコーディネイトして欲しい……って客に思われるような店員になることだな」

「ハードル高い……」

「何年かすりゃなれるって。焦んなくていいからな」

「……うん」

翔哉はゆっくりと夜の街を歩いていく。通りは明るく、人も車も多く行き交っていた。相変わらずひどく目立つ男だし、女性が思わずといったように見て行くが、今日の怜衣は酔っているせいなのか、あるいは慣れたせいなのか、かなり凪《な》いだ気持ちで隣を歩いていられた。

途中でドラッグストアに寄って買いものをしたところで、怜衣はふと気がついた。

「ホテル反対だよ？」

てっきり酔い覚ましがてらに歩いて帰るのかと思っていたが、向かっている方向はまったく逆だ。いくら詳しくないとはいえ、さすがに方向くらいはわかるのだ。

「ちょっと飲んで帰ろうかと思ってさ」

「はぁ……」

当てはあるのだろうか。これもまた誰かから聞いていたところなのだろうか。特に異論もなくついていった怜衣は、翔哉が目的地らしい店への階段を下りかけたところではっと我に返った。

店名なんて覚えていない。もちろん場所もだ。しかし予感めいたものが唐突に過ぎって、思わず足を止めてしまう。

「まさか、先輩が勤めてるってとこ？」

「当たり」

きた。

「いやだよ。悪趣味！」

怜衣は軽く睨《にら》み付けるが翔哉は涼しい顔だ。それどころか数段低い場所からすっと手を差し出して

「どんなやつか興味があってさ」

「説明した通りの人だよ」

わざわざ翔哉が会うほどの相手ではないはずだ。それに怜衣自身、会って嬉しい相手ではない。どうせ酒を飲むならば気持ちよく飲みたいのだ。

「いやな思いしたら、飲み直せばいいんだよ。そいつがいるなら、ちょっと言いたいことがあってさ。まぁ休みって可能性もあるけどな」

「なに言う気？」

「それは会えたらのお楽しみ。ほら、行こうぜ。おまえだって、言われっ放しじゃ悔しいだろ？」

「……責任取って俺のご機嫌取りしてよ？」

美味い寿司の余韻《よいん》が吹き飛ぶかもしれないのだから、もし不快な思いをしたらその分、わがままを言ってやろうと心に決める。

怜衣は不承不承、階段を下りていった。

店は思っていたよりも賑《にぎ》やかで、大人が静かに飲むところというよりは、若者がわいわいと集う場所という感じだった。カウンター席よりもテーブル席のほうが多い。客層も二十代から三十代前半と

いったところだろうか。

　バーテンダーらしき男が二人、カウンターのなかに立っている。そのうちの一人が阪本だった。彼は怜衣に気付き、あからさまに動揺していた。

「カウンターでいいか？」

「あ、うん」

　どこでもよかったが、怜衣としてはカウンターのほうが客席に背を向けられて気が楽そうに思えた。その代わり、阪本の目の前に座ることになってしまうのだが、店のドアをくぐった時点で腹は決まっていた。

　カウンター席は十席ほどだが、半分くらいは空いていた。

「いらっしゃいませ……」

「俺はウイスキー、シングルで。怜衣はどうする？　軽めか？」

「うん」

「じゃ、スプリッツァーで」

「かしこまりました」

　阪本の態度はどうにもぎこちなく、すぐに同僚はその様子に気づいたようだったが、さすがに接客のプロらしく、にこやかな笑みは崩していない。一瞬だけ目を走らせ、なにごともなかったかのようにほかの客の要望に応えていた。

やや挙動不審ながらも、阪本は怜衣たちの前にグラスを置いた。彼の目は、翔哉を困惑したように見ていた。

カウンターの客が帰ったのはそれから間もなくのことだった。平日だから客が少ないのか、あるいはいつもこの程度なのか、空いている席のほうが多い。

「迷惑だったか？」

一口飲んで、翔哉は阪本に向けて唐突に言った。

「は……？」

「いや、歓迎されてない雰囲気だったからさ。飲みたくなったんで、せっかく怜衣がもらってきた店のカードを活用してみたんだが」

「い、いえ……そんなことは。ご来店いただき、ありがとうございます」

いまだに動揺は続いているようだが、対応はまともだった。昼間会ったときの印象だと、高校のときとあまり変わっていないように思えたが、阪本にも怜衣と同じだけの年月が過ぎたということだろう。二十六歳の社会人として当然と言えばその通りなのだが。

怜衣はあえて黙っていることに決めていた。話を振られたら無視はしないが、自分から会話に参加するつもりはなかった。

するとタイミングを計ったように、もう一人のバーテンダーが加わってきた。

「いらっしゃいませ。阪本のお知り合いですか？」

「連れがね、彼の高校の後輩だそうで」

「ああ、そうなんですか」

「ちょっとこっちに戻って来ていて、たまたま昼間、先輩に会ったものですから」

仕方なく怜衣は愛想笑いを浮かべた。不本意、という態度を隠そうとしないのは、阪本に妙な誤解を与えたくないからだった。

自分に会いたいがために来た――。阪本ならば、それくらいのことは思いそうでいやだったのだ。

ただ翔哉がいることで、阪本はおおいに困惑していた。

「てっきり阪本のモデル仲間かと思いましたよ」

「とんでもない。どこにでもいる一般人だよ」

「いやいや、絶対そこらにはいないですよ。札幌にはお仕事で？」

「そう。こういう仕事をしててね」

翔哉は名刺入れから一枚の名刺を取り出し、カウンターの上に滑らせた。それを拾い上げて、バーテンダーは「ほう」っと感嘆《かんたん》した。

「社長さんなんですか。お若いのにすごいな」

「いや、祖父の会社を継いだだけで、大層なもんじゃないんだけどな」

「きっとおしゃれな店なんだろうなぁ。お二人見てると、そんな気がします」

「それはどうも」

事実なので怜衣は無言で同意しておいた。リップサービスとはいえ、翔哉が褒められているのを聞くのは悪くない気分だった。

「しかし惜しいなぁ、こいつの同業者だったらスカウトしようと思ってたのに」

「店に？」

「こいつが結婚してから、女性客が減っちゃって」

オーナーかマネージャーかは不明だが、売り上げを気にしているらしいバーテンダーは、冗談めかしてそんなことを言った。

「ああ……モテそうだもんな」

「お客さんほどじゃないと思いますよ。実際、モテるでしょう」

「あんまり関係ねぇかな。俺、一途だからさ」

翔哉はカウンターに肘を突き、手のひらに顎《あご》を乗せてにっこりと笑う。視線は話しかけているバーテンダーに向けられているが、言葉は間違いなく阪本に向かっていた。

怜衣は黙ってカクテルを飲むだけだ。

そのうちにバーテンダーは客の注文に応えて離れていった。カクテルを作る姿は阪本よりもずっと様になっていた。

「なんで……？　って顔してるな」

「そんなことは……」

阪本は愛想笑いでごまかそうとしているが、目が泳いでいるのは明らかだ。怜衣が店に来た意味を考えて、なかばパニック状態なのだろう。彼が考え得る最悪のパターンも脳裏を掠めているのかもしれない。

「話は聞いてる」

「え……」

「今日の話も、昔の話もな」

心なしか阪本の顔色が悪くなってきた。バーの照明は抑え気味だから、あまり目立たないし、遠目にはまったくわからないだろうが。

ここへ来てようやく翔哉の狙いが明確になった。主な目的は阪本を精神的にいたぶることだ。といっても小突きまわす程度であり、決してサンドバッグにするわけではなさそうだが、翔哉の行動としては意外に思えた。

そう考えて、ふとそれは違うと気づく。

怜衣や常連客たちから見た翔哉は情に厚い好人物だが、怜衣の元上司で元恋人の安佐井《あさい》に対しては容赦《ようしゃ》のない対応をしていた。そしていくら丸くなったとはいえ、若い頃は血気盛んだったらしい。表面上はともかく、苛烈《かれつ》な部分があっても不思議ではない。

「なんだっけ……『俺よりいい男なんて無理』とか言ってたらしいな」

「ちょっ……」

阪本から咎めるような視線を送られた怜衣だが、知ったことではなかった。言ったのは事実だし、口止めされたのは今日が初めてだ。

「先輩にお会いする前に、もう話してたんですよ。約束破ったわけじゃありませんから」

「そうそう、ノーカウント。でさ、聞きたいんだが、阪本くんは俺より上等な男っていう自信があるか?」

じわじわと追いつめていってるな、と冷静に思う。

翔哉は自分という人間を常に冷静に見ている男だ。卑下《ひげ》することもない代わりに、自惚《うぬぼ》れることもない。その上で、自分の価値というものをきちんと把握《はあく》しているのだ。

あらためて怜衣は二人を見比べてみた。

顔立ちについては好みがあるからなんとも言えない。整っているのは翔哉のほうだが、阪本の顔立ちのほうが好きという人間も当然いるはずだ。もちろん怜衣は翔哉のほうが好きだが。

「まぁそもそも、なにをもって男の価値とするか……だよな」

「そ……そうですね」

「なんだと思う?」

「さ、さぁ……?」

ここで顔と言い出さないあたり、どうやら阪本は自分の容姿が翔哉に劣っていると感じているらしい。

社会的な立場でも翔哉のほうが上だろう。阪本は有名でもないモデルの傍らにバーでアルバイトをしているのだから、〈欅〉のオーナーである翔哉には太刀打ちできまい。

阪本はさっきから目が泳いだままだった。客と店員という立場が遠慮させている部分もあるかもしれないが、本能的に負けを認めている感じだった。まるで強い相手を前にしたなんらかの動物が、目を逸らして及び腰になっているようにしか見えないのだ。

「あれ……」

泳いでいた目がぴたりと止まった。そしてなにかに気づいた様子で、怜衣を見て、それから翔哉にちらっと目を向けてから、逃げるようにして戻って来た。

怜衣は大きく頷いた。

「わかりました？　そうです。俺の恋人です」

「こ……恋、人……」

「はい。頑張って、先輩よりいい男の恋人になりました」

好きで好きでどうしようもないと、怜衣は翔哉を見つめながら思う。好きという感情は過去の恋愛でも抱いたが、相手が欲しくてたまらないというのは、翔哉で初めて知った気持ちだった。

心でも身体でも、翔哉を求めている。

「だから、先輩のことはもうなんとも思ってません。というか、別れる時点でもう完全に冷めちゃってましたよ」

その後二度の失敗を経たことは黙っておくことにした。怜衣としては、未練があるなんていう妄想を打ち砕ければそれでよかった。

「そ……そう……なんだ」

「はい。あれから俺にもいろいろあったんです」

「あらためて自己紹介といくか。怜衣の恋人の、桜庭だ。とりあえず、阪本くん以下の男っていうつもりはないんだが、どう思う？」

「そ、そうですね……」

小声で話しているのは、人に聞かれるのは気の毒だと思ったからだ。いくら阪本相手でもその程度の気遣いは必要だろう。

「怜衣もきれいになったろ？」

「それは、まぁ……」

曖昧に同意する阪本のことはさておき、自慢げに言う翔哉には恥ずかしくなった。

垢抜けたとか、色っぽくなったとか、美人に磨きがかかったとか、常連客には口癖のように言われている。翔哉だって言葉は惜しまないほうだから、よく同じようなことを言ってくる。だが相変わらず怜衣は慣れることができないでいた。

照れくさくて、残っていた酒を一気にあおってしまったくらいだ。

「もともと美人だったけどな、俺のもんになってから、ますます磨きがかかってる。いいよな、自分

の恋人がどんどんきれいになってくのってさ。男冥利《みょうり》に尽きるっつーか」

「……そんなこと、ぺらぺらしゃべっていいんすか」

探るように阪本は問いかける。翔哉の目的には気づいたようだが、ここまでオープンな彼に困惑しているのだ。

「問題ねぇよ。それとも、阪本くんはこれをネタに、怜衣を脅《おど》す予定でも……？」

阪本は怜衣の実家がどこにあるか知っている。知らなくても簡単に調べはつくだろう。わざわざ阪本がそんなことをする理由はないが、もし今後金に困りでもしたら、可能性がないとは言えない。

不思議と焦りはなかった。それは阪本を信じているからではなく、すでに怜衣の腹が決まっているからだった。

「まさかっ……」

「だよな。そいつはオススメしねぇ。俺のことを調べてみて、それでも脅すってなら止めねぇけどな」

翔哉が含みのある言い方をすると、阪本の顔が強ばった。変に迫力があるから、いかにもなにかバックがありそうに見えるのだろう。

実のところ、怜衣だって全容は知らない。翔哉の交友関係のすべてを把握しているわけではないし、常連客全員の素性や仕事を教えてもらったわけでもない。わかっているのは、実に多種多様な職種の知りあいがいる、ということだ。

（本人は家具店のオーナーなんだけどね……）

空になったグラスをいじっていると、まるで救いを求めるような目をして阪本が怜衣を見つめてきた。

「胡桃沢……この人って……」

言葉は途中で終わったが、そのさきが聞こえた気がした。何者なんだ、と続けたかったのだろう。

怜衣は首を傾げるようにして、わかっている事実だけ言うことにした。

「うーん……とりあえず、翔哉さんが一声かけるだけで、何人もの人が無償で動いてくれるんですよね。慕われてるっていうか、尽くされてるっていうか。皆さん、顔とか雰囲気とか怖い人もいるけど、いい人ばかりですよ」

嘘ではない。事実を少しばかりぼやかして告げただけなのだが、阪本は真っ青な顔になった。脅すつもりではなかったが、結果的にそれに近い形になってしまったようだ。

「ま、お互いの幸せのために、これからも不可侵と行こうぜ」

問いかけではなく、いまのは決定事項だ。それがわかったのか、阪本はぎくしゃくとした動きで大きく頷いた。

もう一人のバーテンダーの手が空く前に、翔哉は金を置いて席を立った。阪本は店の人間として最低限の挨拶だけし、最後まで顔色が戻らないまま怜衣たちを送り出した。

外へ出ると、さらに気温は下がっていた。

「どうする？　飲み直しが必要か？」

「別にいい」

「じゃ、歩いて戻るか」

「うん」

タクシーで帰ってもいいが、なんとなく歩きたい気分だった。翔哉も機嫌がよさそうで、心なしか楽しげに見えた。

「ワガママに付きあわせて悪かったな」

「え……」

あれはワガママだったのか。怜衣は目を瞠り、まじまじと翔哉の横顔を見つめた。

ネオンに照らし出された横顔はとてもきれいで、思わず見とれてしまうほどだった。出会ってから毎日顔を見ているのに、いまだに見飽きるということがない。

「もしかして夕方からずっと引きずってた？」

「まぁな。実害はないだろうが、あの勘違い野郎に変な思い込みされてるのは不愉快だったんだよ。事実を突きつけて、怜衣と俺の関係を見せつけてやろう、ってな」

「思い込みは……確かにひどかったよね」

「特にあれだな、おまえがいまでもあの野郎に未練があるとか……ありえねぇわ」

「ああ……うん」

異論はまったくなかった。阪本の自己愛や思い上がりについては、正直な話どうでもいいのだ。すでに自分とは無関係だと思っているからだ。だがいまだに怜衣が阪本を思っているだとか、再会したらすぐ恋心が再燃するかのような考えは甚だ不快だった。

「まぁでも、わかってくれたと思うよ」

怜衣が翔哉を好きだということは、はっきりとわかったはずだ。酔いのせいもあって、熱っぽく見つめてしまった自覚がある。そして翔哉が怜衣を大事にしていることも、理解してくれただろう。

「もう一人のバーテンも察してたみたいだしな」

「え、そうだった？　もしかして聞こえてたかな？」

「いや、それはないだろ。雰囲気でわかったんじゃないか。おまえとあいつが付きあってたことまでは、さすがに考えないと思うが、怜衣と俺の関係はわかっただろうな」

「んー……まぁ、いいや」

どうせ二度と会うことはないだろう。これからも怜衣は帰省するが、店に近付かなければまず会うことはない。

旅の恥は掻《か》き捨て——。そんな気分だった。

「無理すんなよ」

「してないよ。翔哉さんのこと好きって気持ちが、ちょっとあふれてるだけだよ」

「ときどき不意打ち食らわすよな」

翔哉は楽しそうに笑っている。ただしその目はまたケダモノのようになっていたが。

「なんかさ……嬉しいんだ。今日はいろんな翔哉さんを知れたし」

些細なことで嫉妬したり、わざわざ意趣返しをしに行ったり——。怜衣よりもずっと大人で度量も大きい翔哉にも、子供っぽくて狭量な一面があったのだ。可愛くて、愛しくて、もっと知りたいと思ってしまう。

「おまえが思ってるほど余裕なんかねぇよ」

「そうなの……？」

「生まれて初めて本気で欲しいって思った相手だぞ。どうやったら捕まえられるか、繋ぎ止めておけるのか……って。ずっと全力だ」

ああ、だからか……と思った。

だから怜衣はその手を握り返せたのだろう。過去の恋で自分に自信をなくして臆病になっていたのに、それでも彼を信じることができたのだ。

「俺も……初めてだよ」

「ああ」

「好きになった人は過去にもいたけど、離したくない……離れたくないって思ったのは、翔哉さんだけなんだ。欲しくてしょうがないって思ったのも……」

「いまもか？」

「……うん」

心も身体も、翔哉が欲しいと言っている。きっと同じだけの熱さで、翔哉も怜衣を欲しいと思ってくれている。

それでも急ぐことなく結構な時間をかけてホテルまで戻った。

怜衣はいったん翔哉と別れて自分の部屋に行くと、シャワーを浴びてシャツだけを身に着けた。適当にベッドを乱し、いかにもここで寝たような形にする。客室係がいちいち気にするとは思えないが、念のためだった。

「よし」

室内を見まわし、カードキーを手にする。コートを羽織り、明日着ていく服とバッグを持った。もうすぐ十一時だ。ドアを開けて顔を出して、廊下に人がいないことを確かめる。

斜め向かいのドアはガードを挟んで閉まらないようにしてあったので、滑り込むようにして部屋に入った。

室内は薄暗かった。ベッド脇の間接照明が一つだけついている状態で、翔哉は窓辺の肘掛け椅子に座っていた。

カーテンは全開だ。角部屋のここは窓も大きく取られており、夜景がいっぱいに広がって見えている。

「翔哉さん、シャワー浴びたの？」

「いや。入ったほうがいいか？」

「ううん。どうせ後で入るし」

脱いだコートをクローゼットにしまい、持ってきたバッグや服もチェストにしまい込む。そのあいだ、翔哉はじっと怜衣を見つめていた。

視線を意識してしまう。初めてでもないのに、場所がいつもと違うせいなのか妙に落ち着かない気分だった。

「景色を見ながら飲んでもよかったなぁ……」

「明日はそうするか」

「うん」

部屋飲みも悪くない。というより、怜衣はそのほうが好きかもしれない。他人の視線に晒《さら》されながらよりも気分が楽だからだ。〈欅〉での飲み会は慣れているし、あの賑やかさはまた別の意味で好きなのだが。

「怜衣」

手を引かれ、翔哉の膝に座らされた。横抱きのような格好になってしまったが、いまさら恥ずかしいとは思わなかった。

「いい匂いがする」

「ここのボディソープだよ」

「準備万端だな」

「……うん」

身に着けているのはシャツ一枚だ。その上にコートだけだったさっきの姿を考えると変態じみているが、どうせすぐ脱がされるのに着込む気にはなれなかったのだ。

くすりと笑って翔哉は怜衣の唇をついばみ、剝《む》き出しの腿を撫でる。

ざわりとした快楽の欠片が、身体の芯に向けて走っていくのがわかった。翔哉に抱かれることに慣れ、どんどん感じる身体に変わっているのを自覚させられる。

唇が深く重なり、腿のあたりで悪戯していた手がシャツのなかに入り込む。

「んっ……ん！」

キスされながら下肢をまさぐられ、怜衣は翔哉の膝の上でびくびくと震えた。

長い指先が緩急をつけて怜衣自身を擦り上げ、舌先が口腔を嬲《なぶ》るようにして犯す。けれども決して乱暴ではなかった。

彼はいつも怜衣を優しく、けれども容赦なく抱いた。必ずと言っていいほど泣かせるくせに、傷つけるような行為は絶対しないし、そういった言葉も口にしない。気持ちが良すぎて許しを請《こ》うなんて真似は、翔哉にしかしたことはなかった。

身悶えながらもキスに応じていた怜衣は、翔哉の唇が離れていったことで、ようやく目を開けた。

ぼんやりと夜景が目に入って来る。思わず我に返った。

「あ……カーテン……」

「このままでいいだろ。どうせ見えねぇよ」

翔哉は手を伸ばし、唯一ついていた間接照明を消した。

確かにここの高さと窓の位置なら、覗かれるような心配はない。まして室内は暗いのだ。

「……いやな予感がする」

「どんな？」

翔哉の声が心なしか弾んでいるように聞こえた。彼はシャツのボタンを上のほうだけ外し、胸元をあらわにすると、怜衣の乳首に唇を寄せた。

「っぁ、ん……」

下肢を弄られながら乳首を愛撫され、怜衣は鼻にかかった声を上げて軽くのけぞった。ちゅくちゅくと舌が音を立てるたびに、甘い熱が内側から身体を侵食していく。

翔哉は怜衣自身から手を離し、もっと奥まった場所に指を這わせた。

ややあって、クリーム状のものを後ろに塗られた。帰る途中で買ってきたハンドクリームだ。冷たく感じないのは翔哉が自分の手で温めていたからだ。

「う……んっ」

「もうちょい力抜け」

「は、ぁ……や……っ」

指がクリームの力を借りて入り込む。そうしていったん奥まで到達した後、ゆっくりと前後に動き始めた。

　怜衣はぞくぞくとした痺れに陶酔しそうになりながら、翔哉のシャツのボタンを外し、そのなかに手を這わせていく。

　張りのある肌と筋肉が手に心地いい。もっと触っていたかったのに、ふたたび翔哉が怜衣の胸に吸い付いてきて、それが叶わなくなった。

　翔哉の膝の上でいいように喘がされ、二本、三本と指が増やされるたび、上げる声は泣き声まじりになっていく。

　だがいかされることはなかった。

「もういいな」

　指が引き抜かれ、力の入らない身体を窓に背にして座らされた。出窓というほどではないが、このホテルの窓は膳板の部分に奥行きがあり、軽く腰かけられるくらいには幅がある。

「え……待っ……や、ぁあっ……」

　我に返ったときには、そのままの体勢で貫かれていた。

　シャツは着ている。ボタンも半分から下が留まったままだから脱げるということはない。片方の肩は落ちていたが、ちゃんと身体には引っかかっていた。そして翔哉に至っては、シャツが少し乱れている程度だ。

「やべぇ……こういうの、ちょっと燃えるな」

「ば……ばかっ……」

怜衣は自由な手で、翔哉の厚い胸板を叩いた。羞恥で顔は真っ赤だろうが、この暗さでは顔色まで見えているかも定かではない。

片方の脚を抱えられ、繋がったまま見下ろされる状態なのだ。背中は窓にくっついていて、その向こうは夜の街が広がっている。

いやな予感はこれだったのだ。

「翔哉さんは、こういうの……好きなの？」

熱をやり過ごすようにして問いを向ける。少しでも動かれたら、あられもない声を上げてしまうだろう。

見下ろされていても威圧感のようなものは感じない。外からの明かりで、怜衣からは翔哉の表情がよくわかった。

熱を帯びた捕食者のような目をしていた。

「おまえが恥ずかしがってるのを、見るのが好きかな」

「……ばか」

翔哉のセリフのほうがよほど恥ずかしい。怜衣が横を向くと、目の前に翔哉が手をついた。

「どうしてもいやだったら、やめるから。いまだけの話じゃなくて、これからも含めて」

「うん……」

つまりこれからもいろいろとする、と宣言されたのだが、怜衣はこのとき深く考えていなかった。翔哉が自分の意思を尊重してくれている、という部分のほうが重要だったからだ。

顔を上げさせられて、キスを交わした。舌先を絡めながら突き上げられて、怜衣はたまらず両腕を翔哉にまわした。

唇が離れていくと、もう声を抑えることができなくなった。

「あっ、ぁん、や……あっ……あぁ……」

「気持ちいい……？」

「う、んっ……あっ、いい……気持ち、い……」

もっとぐちゃぐちゃにかきまわして欲しくて、怜衣は自ら腰を揺らす。だが膳板に腰かけているせいか、足が浮いていて思うように動けなかった。

それでも翔哉の激しい突き上げに、身体はどんどん追いつめられていく。深く繋がったまま、抉るようにしてかきまわされ、怜衣は泣きながら翔哉の背にしがみついた。

切羽詰まった声がひときわ甲高いものになったのは、それからすぐだった。

「あっ、あ……あぁ――っ……」

怜衣は思いきり翔哉の背に爪を立てた。いつもは多少の遠慮もあるが、今日は服を着ているからおかまいなしだ。

後ろだけでいくことを覚えてしまった身体は、力を失いながらもびくびくと痙攣している。翔哉が支えてくれていなかったら、床に崩れ落ちていることだろう。

　翔哉はその場で怜衣を全裸にし、自らも身に着けていたものを脱ぎ捨てた。そうして身体を繋げたまま怜衣を抱きかかえ、ベッドに移動した。シーツの感触を背中で確かめ、怜衣はほっと息をついた。

「結構余裕があったろ」

「そんな……ことない……」

　我を忘れるほど快楽に支配されてはいなかった。それは事実だが、余裕があったわけでもない。いつものように怜衣はいっぱいいっぱいだった。

　なのに翔哉は意地悪く言うのだ。

「やっぱ普通にベッドがいいみたいだな。ああいうシチュだと、興奮はするけど妙に理性が残っちまうらしいし」

「え？」

「今度は飛ばしちまえ」

　笑みを含んだような声でそう言われ、問い返す間もなくふたたび突き上げられた。

「や、ぁ……っ、あ……いやっ……」

　いったばかりで過敏ともいえる状態なのに、翔哉は弱いところを執拗に責めてくる。先端が掠めるだけで、身体は怜衣の意思など無視してびくびくと痙攣した。

　気持ちがよすぎてつらかった。

「あっ、や……ぁあああ……！」

ガツガツと穿《うが》たれ、ひどく深いところから怖いほどの絶頂感が全身を貫いていく。意識が真っ白に塗りつぶされて、その瞬間はなんの音も聞こえなくなった。

全身の毛穴という毛穴が開いてしまったような、凄まじい快感は初めてじゃない。だからといって、慣れるものでもないのだ。

怜衣は泣きながら痙攣を繰り返した。悲鳴じみた声を上げて達したというのに、絶頂感は強い余韻を残していつまでも怜衣を離さなかった。

「ぞくぞくするな……」

きれいだと翔哉が囁く。

「ひぁっ……だ、め……やっ……いやぁ……っ」

撫でられるだけで、またいってしまいそうになる。

泣きながら懇願しても、こんなときの翔哉は残酷なのだ。わかっていた。

容赦なく後ろをまた抉られて、乳首も同時にいじられる。喘ぎはとっくに鳴き声まじりで、か細く掠れてさえいる。

翔哉の思惑通り怜衣は理性を手放して、気を失うまで快感に泣き続けたのだった。

だるい身体を引きずってホテルを出たのは昼の十二時近い時間だった。

タクシーで市場まで行き、ものの十数分で数種類の海産物を選んで配送の手続きまで終わらせ、近くで軽く昼食を取った。

そうして最寄り駅から怜衣の実家へと、電車で向かっているのだった。

「はぁ……」

あまりのだるさに、本日何度目かの溜め息が出る。これから実家へ行き、家族と顔をあわせるなんて信じられなかった。

昨夜はどうかしていた。アルコールのせいか、ホテルというシチュエーションにテンションが上がっていたのか、翌日に家族との対面が控えていることなどきれいに忘れて盛り上がってしまった。

怜衣は電車に揺られながら、隣に座る翔哉をちらりと見やる。

今朝起きてから、ずっと考えていた。

翔哉は怜衣に欲しいものを与え続けてくれている。居場所も愛情も、諦めていた恋人としての行為の数々も。

対して怜衣は、どれだけのものを彼に返せているのか。いや、与えられているのだろうか。

「バランス悪いと思うんだよね」

「なんの話だ？」

翔哉は怪訝そうな、しかしどこかおもしろがっているような顔をした。

「需要と供給……ちょっと違うか。えーと、翔哉さんが与えてくれるものと、俺が与えるもののバランスの話」

怜衣から翔哉に返せるものはあまりにも少なくて、ときどき悔しくなってしまう。いや、悲しいと言ってもいいくらいだった。

「愛は与えるもの……みたいなのを、どっかで見たことがあるような気がするんだけどさ。それでいったら、俺と翔哉さんって釣り合い取れてないよね」

「取れてるだろ」

「どこが？　どう考えても、俺がもらってばっかだよ」

「物理的にはそうかもな」

「精神的にもだよ」

翔哉と出会って、どれだけ怜衣は満たしてもらっただろうか。不安を抱く余地もないほど愛されて、大事にされて、当たり前のように翔哉との未来を考えられるようになった。想いの強さや深さといったもので劣っているとは考えていないが、言ってしまえば翔哉が好きという気持ちしかないのだ。

「人としてのスペックとか、違い過ぎるし……」

「そりゃおまえ、俺のが年上だしな。つーか、妙なことにこだわるんだな」

「いまんとこ、気持ちしか返せてないじゃん」

「十分なんだけどな。あー……こういう言い方すると気に触るかもしれねぇけどさ、いろんな意味でキャパっつーか、持ってるものが違うわけだろ？　家庭環境とか仕事とか、立場の違いってのもあるわけだからさ」

「うん。それは別に当たり前のことだと思ってる」

翔哉のほうが大人なのも、交友関係が広くて信頼を得ているのも、資産家であることも、すべて承知していた。比べて自分がろくになにも持っていないことも。怜衣が持っていて、翔哉が持っていないものは、家族くらいじゃないかと思っているくらいだ。

ふうと溜め息をついたとき、降車駅を告げるアナウンスが聞こえてきた。電車が徐々にスピードを落としていく。

「持ってるもんが違うんだから、相手に渡せるもんも違って当然じゃねぇか？」

「格差がひどいじゃん」

「気にするほどでもねぇと思うけどな」

電車が止まり、二人はホームへと降りた。人の流れはそこそこあるが、あえて流れよりもゆっくりと歩いて行った。

「あー……なんかあったよな。ほら、金持ちが寄付する一万円と、食うに困ってるやつが寄付する百円じゃ、百円のほうが価値があるとかなんとかいうやつ」

「相当違うけど、聖書にそんな感じのがあった気がする……」

怜衣自身も家族も違うが、母方の祖母はクリスチャンだったから、昔そんなような話を聞いたことがあった。いまのいままで忘れていたけれども。

「話がおかしな方向に行ってない？」

「そうでもねぇだろ。ようするにさ、いろいろ持ってる俺のほうが、どうしたって与えるもんも多くなるってことだ。物理的にな」

「でも翔哉さんは精神的にもいっぱい俺にくれたよ？」

「精神的な話だったらイーブンだろ。つーかさ、それこそ比べられるもんじゃねぇ。どんだけ満たされてるかって話なら、俺はおまえに会ってから常に満タンだよ。むしろあふれてるぞ」

「そんなの俺もだよ」

「だったら差はねぇな」

うまく丸め込まれたような気がしてならなかったが、反論が浮かんでこないものは仕方ない。怜衣は嘆息し、なんとか納得しようと自分に言い聞かせた。これ以上食い下がるのは無粋というものだし、そろそろ家が見えてきていた。

「あれだよ」

「へぇ」

住宅地の一角にある戸建ては、怜衣がまだ赤ん坊のときに建てられたものだ。ここで怜衣は十八年間暮らしていたのだった。

一応鍵は持っているが、インターフォンを押してみた。するとすぐに返事があり、ガチャリと内側からロックが外れた。

「おかえり！」

「ただいま……」

出迎えは母親だった。いつもより少しめかし込んだ母親は、目を輝かせて翔哉を見上げ、三割増しの笑顔を浮かべている。

彼女は実年齢よりも若く見えるし、怜衣に似ているから、年の離れた姉弟だと思われることもしばしばだったのだ。

「はじめまして、怜衣の母でございます。怜衣がお世話になっております」

「こちらこそ。突然おじゃまして申し訳ありません。桜庭翔哉と申します」

「えっと、社長。上がって……ください。あの、入り口とか気をつけて」

さすがに名前呼びはまずいだろうと、とっさに呼んだこともない名称を口にした。すると翔哉は一瞬おもしろくなさそうな顔をし、すぐにそれを引っ込めた。

母親はどうぞどうぞと翔哉を先導し、最後を怜衣がついていく形になった。

「美人だな」

振り返った翔哉が小声で告げる。そっくりな顔をそう評されて、怜衣は同意していいものかと苦笑を浮かべた。

「あと、社長はよせ。気持ち悪い」

「えー……」

小声で言いあっている時間はわずかだった。そんなに広い家ではないから、玄関からリビングまではすぐだ。

リビングには怜衣の父親と兄が待っていた。

父親は年相応だが昔と変わらずスマートで、世間一般的にハンサムというカテゴリーに入るようだ。見慣れている怜衣はなんとも思わないが、人からそう言われてきた。そして兄も父親似で、女性からの人気が高かった。

唯一いない家族――甥は、今日はサッカーの試合があるそうで、泣く泣く出かけていったという。親がついていってはいけないというルールがあるクラブだから兄はここにいるのだ。

怜衣は朝一番でメールを出し、社長の翔哉がまだ若いことと、ちょっと見たことがないくらいの男前だということを予告しておいた。そのおかげで家族の反応は落ち着いている。多少舞い上がった感じもあるが、みっともないほどではなかった。

怜衣がそれぞれを紹介し、挨拶をすませてソファに落ち着いた。

母親は張り切って、普段使わない高級なカップでコーヒーを出してきたので、怜衣はひそかにくすりと笑った。

「怜衣はお役に立っているんでしょうか？」

「ちょっ……その言い方はひどいって」

景衣に向かって文句をぶつけるが、そんな反応は承知の上だとでも言うように笑って流されてしまった。

「非常に助かってます。客からの評判もいいですしね」

「そうですか」

「あの、札幌にはよくいらっしゃるんですか？」

「今回は札幌近郊でしたが、年に一度くらいは北海道に来てますね。工房との打ち合わせで、どうしても直接やりとりをしたいときだけですが」

話は当然と言おうか、仕事の話から始まった。家族としては怜衣の新しい職場について知りたいのだ。いままでの職場とまったく違う方面なのでそれは無理からぬ話だ。

「若いのにすごいなぁ。僕の二つ下なんでしょ？」

「そう伺ってます。私は祖父の跡を継いだだけなんですよ。顧客の半分以上は祖父の時代からの方たちですから」

「でも逃げられずにキープできてるわけだろ？　十分に立派だよ」

身を乗り出して話す景衣は普段通りで、特に身がまえた様子もなかった。家族のなかで一番固いのは父親だったが、話をしていくうちに、少しずつその固さも取れていき、表情も柔らかなものになっていった。

「そういえばマンションまでお世話してくださったそうで……」

「ああ、いえ……世話というほどのものじゃないんですよ。空いてた部屋を使ってもらってるだけですから」

実際は同棲状態なのだが、持ちビルでマンションオーナーでもあるという話はしてあるので、家族は空いている住戸だと思ったようだった。これは翔哉がそう思わせるように言ったおかげだ。

急な引っ越しについては隣人トラブルだと説明してあった。中途半端な時期に契約解除をしたので、説明に窮してそう言ったのだ。

近況を含めた雑談を小一時間ほどした頃、母親がコーヒーのおかわりを淹れるために席を立った。このタイミングなのだと怜衣は気づいた。打ち合わせをしたわけではないが、わかってしまった。翔哉が怜衣を見て、無言で問いかけてきた。目を見た瞬間に、怜衣の心は決まった。家族に言おうと、そう思って頷いた。

母親がコーヒーを淹れて戻って来ると、翔哉は居住まいを正した。

「実は、ご家族にどうしてもお話ししたいことがありまして」

あらたまった口調で翔哉は切り出した。さっきまでの和やかな雰囲気から一変し、リビングには緊張感が走った。

いよいよだ。怜衣は膝の上の手を握りしめた。固くなってしまうのは仕方ないことだろう。誰だって家族にカミングアウトするとなればこうなるはずだ。

そんな怜衣を一瞬だけ見て微笑《ほほえ》み、翔哉は真顔で両親に向き直った。

「実は、息子さんとお付きあいさせていただいています。そういった意味も込めて、今回おじゃまさせてもらいました」

「あの、真剣だから……！　あと、翔哉さんは男の恋人って初めてだけど、俺は……前からそうだったから……」

勢い込んで続けたものの、だんだんと声は小さくなり、視線は落ちていってしまう。大好きな家族に嫌悪の感情を向けられたらと思うと、怖くて震えそうだった。

それでも打ち明けると決意したのは自分だ。家族を失うかもしれないというリスクを冒《おか》してでも、翔哉とともにありたかったし、それを家族に告げることで自分の気持ちを彼に伝えたかった。

「怜衣、顔を上げなさい」

家族で最初に口を開いたのは母親だった。子供を叱るときのような張りのある声にびくりと震えつつも、翔哉に手を握られたことに勇気を得て顔を上げた。

一度目をあわせてから、彼女は翔哉を見つめた。

「末永くよろしくお願いします」

そして母親は毅然《きぜん》とした態度でそう言い、頭を下げたのだった。

「え……」

怜衣はぽかんと口を開けた。

父親は困惑した様子で黙っているが、そこに怒気や嫌悪感といったものは見られない。兄はにやにやと意味ありげに笑っていた。

「ど……どういうこと……」

こんな反応は予想していなかった。侮蔑の目を向けられ、罵られる覚悟ならばしてきた。それはとても悲しい想像だったが、十分にあり得ると思っていたのだ。

母親は呆れたような様子で肩をすくめた。

「あらぁ、ずっと前から気づいてたわよ。高校のときの先輩が最初の彼氏でしょ？」

「なっ……」

怜衣はぎょっと目を剝く。まさかそんな、という思いだった。

人前でベタベタしたことなどないはずだ。二人だけの部屋でくっついたりキスしたりということはあったが、尻尾をつかまれるような会話をした覚えもない。

そもそも現在の恋人である翔哉の前で、過去の相手の話を持ち出すなど反則ではないか。話してあるからいいが、もし隠していたらどうするつもりだったのだろう。

「そ……そういうこと、言うなってばっ」

「あら、内緒にしてたの？　ちゃんと言っておいたほうがいいわよ？」

「知ってますけどね。しかも過去三人のうち、二人と会ってます」

翔哉がまたややこしいことを言い出し、怜衣は絶句した。酸欠の魚のように口をぱくぱくさせるだけで、言葉は出てこなかったが。

一方で母親は目を輝かせていた。

「そうなの？　それはすごいわ。どうしてそんなことに？」

「三人目はストーカー化したので、撃退しまして……一人目はちょっと勘違いしていたようなので、昨日引導を渡してきました」

かなりいい笑顔で翔哉は言った。間違ってはいないが言葉のチョイスがどうかと怜衣は思った。ストーカーだとか引導だとか、事実よりも物騒に聞こえる。

「素敵。じゃあ残るは二人目の彼氏ね。大学のときでしょ？」

「な、なんでそれ知って……っ……」

「わかりやすいのよ、怜衣は。なんて言うのかしら……連絡入れてくる間隔とかパターンで、すぐわかるの。ああ、いま誰かと付きあってるなとか、別れたな、とか」

「……マジか……」

「さすがに二人目と三人目も男の人だっていう確信はなかったけどね。まぁ一応、パパとお兄ちゃんには、覚悟しとけって言っておいたのよ」

「そ……そうなんだ……」

隣で翔哉が「リベラルだな」と呟いた。

それでも母親ほどおおらかに受け止めているわけではないらしく、父親は常よりも汗ばんでいるように見えるし、景衣も複雑そうだった。性格の違いかもしれないし、男女の違いなのかもしれない。

父親と目があうと、ぎこちなく笑われた。目を逸らされなかったことにほっとした。

「その……まぁあれだ、おまえが可愛い息子ってことに変わりはないし、桜庭さんはいい青年だ。だからあまり深くは考えないことにした」

「ああ……うん。ありがと……」

ようするに事実から半分ほど目を逸らすことにした、と父親は宣言したのだ。次男は一生嫁を迎えることはないが、代わりに年上の親友を得て、彼と仕事でもプライベートでも付きあっていく。その親友を胡桃沢家の者たちは家族同然の存在として受け入れる……という形で処理したわけだった。恋愛関係――ことさら肉体関係を考えたくない結果、そんな逃げ道を作ったらしい。

十分だと怜衣は頷く。翔哉と会って、彼の人となりを認めてくれたからこそなのだ。

兄はどうなのだろうかと景衣を見ると、相変わらずのにやけ顔だった。

「その顔やめてよ。なんか、残念な感じだよ？」

「いやぁ……桜庭さんになんて呼んでもらおうかと思ってさ」

「果てしなくどーでもいいんだけど」

「お義兄《にい》さん？　いや、名前のほうがいいかな？」

どうやら兄は問題ないらしいと、怜衣は早々にその話題を切り捨てた。彼がどこまで理解を示しているのかは謎だが、嫌悪感は微塵も見せていないのは確かだった。母親同様に受け入れたのか、父親に近いスタンスなのかは、今度じっくり聞いてみようと思った。

「それより、比呂《ひろ》には内緒ってことでいいよね？」

「あー、まぁそうだね。まだわかんないだろうし、大学生くらいになったら様子見て言うかな。あと、十年くらいか」

「うん、思春期は避けてよ」

怜衣としては、可愛い甥にショックを与えたくはなかったし、できれば恋愛対象は異性だけでいて欲しいのだ。怜衣たちのことを知ることで、そちらの道もありだと開眼しないように。勝手な考えだということは自覚していた。

ふと母親と目があうと、彼女は嬉しそうに笑っていた。

「……なに？」

「やっと紹介してくれたから、嬉しくて。怜衣の恋人に会いたいなぁって思ってたのよ」

「いや、普通は紹介しないから」

「そうねぇ、最初は一人で来る……って言い張ってたものね。桜庭さんとしても、うちに来たのはイレギュラーな事態だったのかしら？」

「チャンスがあれば……とは思ってました」

「嬉しいわ」

母親のテンションは高い。その証拠にかなり饒舌《じょうぜつ》だ。彼女は普段からにこやかで愛想のいい人ではあるが、口数はそう多いほうではないのだ。どうやらかなり機嫌がいいらしい。そして翔哉のことが相当気に入ったようだ。

「それだけ本気でいてくれるってことよね」

「はい。それに、俺には隠しておきたい相手がいないんですよ。仕事の支障になることもありません し」

「あ、じゃあお祖父さまの跡って……」

「両親は他界してますし、兄弟もいなくて。ほとんど会ったことのない親戚が何人かいる程度ですよ。天涯孤独ってやつですが、怪しい者ではないので安心してください」

翔哉は冗談めかして笑った。無理をしている印象はないのだが、母親は思うところがあったようだった。

彼女はフランス人とのハーフだが、メンタリティーは完全に日本人のそれだ。しかも義理人情に厚いタイプの人間なのだ。

「翔哉さん」

「あ、はい」

いきなりの名前呼びに、さすがの翔哉も少し面食らっていた。母親はぐっと身を乗り出して、いまにも翔哉の手を握らんばかりの勢いだ。

「いまからお義母《かあ》さんと呼んでね。私たちのことは新しい家族と思ってくれていいわ」

「……はい」

言葉少なだし、浮かべる笑みもわずかだが、翔哉はかなり嬉しそうだった。彼にだって緊張や懸念はあったはずなのだ。ただそれを怜衣には見せなかっただけで。

繋いだままの手に、そっと力を込めてみる。

言ってよかったと心から思った。家族になるのは口で言うほど簡単なことではないかもしれないが、翔哉ならば溶け込んでいけそうな気がする。いまはいない甥の比呂だって、絶対に翔哉のことは好きになるはずだ。

今度からもう少し帰省の回数を増やそう、怜衣は心ひそかに決意した。

もちろんそのときは、翔哉と連れだって――。

本性

胡桃沢怜衣《くるみざわれい》という青年は、やけに自己評価が低い人間だ。

姿形は美しく、美貌《びぼう》という言葉を使っても違和感がないほどなのに、それにすら変なコンプレックスを感じている。

自信がないからか、視線は下を向きがちだ。同性との恋愛経験が長かったせいか、目立ちたくないという意識に凝《こ》り固まって、余計に本来の輝きを失っているようにも思えた。

そんな彼を見かけたのはただの偶然だった。店内からなにげなく外へと目をやり、そこに彼の姿を見つけたとき、翔哉《しょうや》は衝撃を受けたのだ。

彼だけが鮮やかに色づき、周囲の景色はすべて色がないように見えた。

ようするに翔哉は一目惚《ぼ》れをしたわけだ。男だとか女だとか、そんなことは一瞬でどうでもいいことになった。

それからの行動は自分でも感心するくらいに素早く、強引だった。獲物を見つけたハンターのようだったと、振り返ってみて思う。

本能が訴えかけていたのだ。逃がすな、捕まえろ、それは自分のものだ……と。

押しの一手だった。怜衣が受け入れたから恋人として落ち着いたが、一つ間違えば犯罪者になっていたかもしれない。

酔った彼を介抱したときに襲わずにいられたことは、我ながら賞賛に値すると思っている。目の前で吐いてくれたせいもあったが、やはり別れた男の話を聞いたことが大きかった。不誠実な男の話を聞き、自分は誠実であらねばならないと強く思ったからだった。

同じではいけないのだ。過去の恋人とは違うと、怜衣に信じてもらわねばならなかった。そのためにはまず心を手に入れ、正攻法で口説く必要があった。

「プロセスも楽しんでたんだよ。だから余計なことすんなって言ったんだ」

翔哉の前に座っているのは中学のときからの友人だ。浅く長い付きあいで、ここ数年はこのバーで月に一度会う程度になっている。家庭があるのだから仕方ないだろう。

その彼は、ある一角を見て納得したように頷《うなず》いた。

「ま、それだけおまえを慕ってるってことで」

「わかってる」

バーはすでに客でいっぱいだった。声をかけた連中はほぼ来ていると言っていい。そのなかには昨日、翔哉が殴った後輩もいた。彼にも仕事はあるので、もちろん目立つところは殴っていない。予告付きで腹に一発。それだけだった。

「怜衣くんに謝罪するんだって？」

「ああ」

「許してくれるかな」

「そもそも怒ってねぇよ」

「そうなんだ」

長い付きあいの友人は、恋愛に関して禁忌《タブー》はないようだ。怜衣に惚れたと言ったときも、ごく普通に「ようやく春が来たか」と呟《つぶや》いていたし、実際に怜衣に会って話してみて、いろいろな意味で納得していた。曰く、「翔哉にはピッタリ」らしい。

「ま、それならそれで付きあいやすくていいよな。これから俺たちとも長い付きあいになるんだし、あいつは犬みたいなやつだから、慣れてもらわないと困るし」

翔哉の忠犬だ、と友人は笑った。あの後輩に昔からつけられていた渾名《あだな》がそれだった。あまりにも翔哉に心酔し、なにがあっても付き従う勢いだったので、犬だと揶揄《やゆ》されていた。さすがにいまは互いに社会人としての立ち位置というものがあるから適度に距離を置いているが、本質としては変わっていないのだ。

「番犬でもあったからな。おまえ目当ての女どもが、いままで何人排除されてきたか……」

「正直助かってた」

「よかったな。おまえのものを欲しがるタイプじゃなくて」

「まったくだ。つーか、そんなやつは俺のテリトリーには入れねぇけどな。これでもずいぶん篩《ふるい》にかけたんだ」

「知ってるよ」

翔哉を慕う者たちはかなり多かった。この店に出入りしている者たちは、そのうちの一部だ。口が固く、翔哉が大事に思うものを害さない者だけを残したつもりだった。たまには昨夜のように暴走することもあるが、それも基本的には翔哉のためであり、言って聞かせれば――昨夜は手も出てしまったが、理解してくれる。

「お姫さまはそろそろ来る感じ？」

「ああ」

「大丈夫かね。抱きつぶしてきたんだろ？」

「つぶしてねぇって」

「臨時休業にしたくせによく言うよ。翔哉、エロい気配が隠しきれてねーよ？　いかにも、さっきまでやってました、って雰囲気だよ？」

「隠す気ねぇからな。夕方までやってたのも事実だし」

職場が近いこの友人は、家具店が休みだったことを知っていた。昨夜の流れを後輩に聞き、ほぼ正しい答えに辿《たど》り着いたようだ。

ただし、つぶしていないことは主張しておきたい。

「ちゃんとかどうかはともかく歩けるし、傷もつけてねぇぞ」

一昼夜をほぼベッドで過ごしていたのは事実だが、立てないことはないはずなのだ。無理なら連絡が来るはずだが、いまのところ翔哉の携帯は沈黙している。

「翔哉ってそんな絶倫だったっけ？」

「そんなんじゃねぇよ。続けてやったのは最初の三回だけだ」

その後は何時間か眠ったし、今朝から夕方までは、身体に触れながら睦言《むつごと》を交わしていた時間のほうが長かった。身体を繋《つな》いだままそんなことをやっていたから、触られていた怜衣は快感に酔いしれていたようだが。

出して終わりのセックスをしたわけではないし、したいとも思っていない。少なくとも怜衣を相手にはそうだ。挿入をしなくても満たされるセックスがあるのだと知ったからだ。肌に触れ、抱きしめて、気持ちよさそうな声を聞くのも楽しかった。

いちいち可愛いのがいけないのだと、翔哉は思っている。感じやすい身体も、恥じらいながらも受け入れ、かつ無意識に煽《あお》るところも。

「十分異例だと思うんですが……」

「あいつがエロいのが悪い。声もいいし、イキ顔も最高にいいんだよ」

「あー、はいはい。楽しそうでなによりですけどね、おまえ、昔は女にストイックすぎるとか言われてなかったか？」

「そんなもん、遠まわしに淡泊だって言いたかったんだろ」

「まぁそうなんだろうけどさ。なんだっけなぁ……朝まで一緒にいてくれないとか、誘わないと抱いてくれないとか言ってた気がする。あとは……えーと確か、続けて二回してくれるのはレア……とかなんとか」

友人は記憶を手繰り寄せるように、指折り数えて羅列していく。翔哉に最も近い立ち位置と認識され、かつ強面《こわもて》ではない彼は、翔哉と付きあった女性たちにとって窓口のようなものだったのだ。主に愚痴《ぐち》やクレームの。

「そうだったかもな」

「おまえの彼女って、ほぼ全員が『愛されてる気がしない』とか『虚《むな》しくなった』とか言って、いなくなったもんなぁ」

「全員押しかけだったからな」

それでも付きあうことを了承したのは翔哉なので、あまりこの手のことは怜衣に知られたくはなかった。

彼女たちは自分に自信がある美女や可愛い子ばかりで、告白を断ると、揃《そろ》いも揃って「お試しでいいから」だの「付きあってるうちに好きになるかもしれないから」だのと言って、翔哉の隣を陣取ったのだ。もちろん断った時点で諦《あきら》める者がほとんどだったが、十人いれば半分くらいは粘《ねば》り、そのうちの一人か二人の割合で、翔哉が折れていた。しかし結果は友人が言った通りだった。翔哉なりに彼女になった相手には誠実であろうとしたし、それなりに情も湧《わ》いた。なかには好きになったと言ってもいい相手すらいた。だが彼女たちにしてみれば、それは本気ではなかったらしい。

ずっと意味がわからなかったが、翔哉は先頃ようやく彼女たちの言っていた意味を理解した。

「確かに俺、いままで本気じゃなかったわ」

「そんなの俺ら全員知ってたけど」

「……マジか」

「翔哉は恋愛ができないんだってのが、俺らの共通認識だったよ。だから怜衣くんに猛攻かけてんの見て超驚いたし、納得したわけ」

友人は店内にいる仲間をぐるりと見渡し、翔哉を見て笑う。彼らはそれぞれに飲んで話しているから、こちらの会話までは聞いていない。翔哉とこの友人が二人で話しているときは、基本的に誰も入ってこないのだ。

「ゲイだったのか……って納得したのか？」

「違う違う。だって、男にもさんざんコナかけられてきたじゃん。それこそ美少年からマッチョから、いろんなタイプに。けど無視してただろ。女の場合は一応考えたり付きあったりしたけど、男は完全シャットアウトだったろうが」

「まぁな……」

翔哉は遠い目をした。この店を継いで夜の街へ出る機会が減ってからは少なくなったが、かつては男からもよく告白されたり誘われたりしたものだった。いまでも数ヵ月に一度はあるのだ。客のなかにもいたので、これからは注意しなくてはならないだろう。怜衣が狙われる可能性もあるということなのだから。

「ようするに、翔哉が惚れたなら男でも女でもいい……みたいな境地に達してたわけよ」

「なるほどな」

「怜衣くんはいい子だし、美人だしさ。なんつーか、男くささがまったくないんだよな。女っぽいってわけでもないんだけど……中性的っていうのか、ああいうの」

「さぁな」

いずれにしても、見た目で嫌悪感を抱かれないのは確かだった。おまけに性格は控え目で、翔哉に言い寄られているからといって勘違いすることもなかった。かつての彼女たちのなかには、グループのボスである翔哉の彼女になったことで、さも自分が女王のように振る舞う者もいたのだ。高飛車にものを言いつけたり、見下した態度に取ったりと、非常に評判が悪かった。だからこそ怜衣の振る舞いは好意的に受け止められている。

「怜衣くんなら大丈夫、って思ったんだよな」

「なにが」

「翔哉は変わらないって。あ、俺たちにとってよくない方向に……って意味な。別の意味では変わったけど、それはまぁ我慢するよ」

後半の「変わった」はすぐにわかった。主に床事情《とこ》のことだろう。前半については予想はついたが、一応尋ねてみることにした。

「よくない方向ってのは？」

「俺たちのことを切るとか、バーを辞めるとか……そっち系。実際あり得るだろ？　本気の相手に、自分とどっちが大事とか言われる可能性だってあったわけだし。でも怜衣くんはそういうタイプじゃないじゃん」

「言わねぇな。むしろあいつ、この集まりが好きみたいだぞ」

「だよな。それは見ててわかった。だからみんな受け入れたんだよ。バカどものくだらねぇ話も、楽しそうに聞いてくれるしさ」

「そこも可愛いよな」

「はいはい」

うんざり、といった態度の友人だが、顔は笑っている。否定はしないので、同意見ではあるようだった。

視界の隅で、例の後輩が立ち上がったのはそのすぐ後だった。彼は翔哉と目をあわせると、ぺこりと頭を下げて階段を下りて行く。下で怜衣を待ち受けて謝罪するつもりのようだ。

「行かないのか？」

「頃合いを見て、だな。たぶん階段を上るのはつらいだろうし」

「可哀想な怜衣くん……」

「喜んでたからいいんだよ。本気でいやがって泣いたら、俺だってやめてた」

「ってことは、泣いていやがりはしたんだな」

「感じてるときの『いや』とか『許して』は『いい』とか『もっと』ってことだろ？」

「断言するのはどうかな」

やれやれと友人は溜め息をついたが、深く論議するつもりはないようだった。基本的には先ほど言ったように「楽しそうでなにより」という姿勢なのだ。

翔哉はグラスを置いて立ち上がり、友人にひらひらと手を振って階段を下りていった。客たちには途中で怜衣を迎えに行くと言ってあるので、特に声をかけてくる者もいなかった。

店の裏口で、二人がぺこぺこと頭を下げあっているのを見たときは思わず笑ってしまった。謝罪はすんだと判断し、怜衣の腰を抱いて後輩に戻るように合図する。後輩の顔が赤いのは、翔哉たちの雰囲気に当てられたのか、あるいは怜衣の匂い立つような色香にやられたのか。

実際、いまの怜衣は目に毒だった。まるで媚薬のようだと思う。その気がない男だって、くらりと来るだろう。

冗談めかして続きをすると宣言したが、翔哉は本気だった。むしろこんな怜衣を前にしてなにもしないでいるほうが無理な話だ。

晴れて恋人になったいま、理性など働かせる必要はないと思っている。もちろん怜衣にそれを言うつもりはなかったが。

力の入らないらしい身体を支えながら二階へ戻り、あらためて紹介をする。自分のものだから絶対に手を出すな、という牽制《けんせい》でもあった。

現に客たちの目は怜衣に釘付けだ。ごくりと喉を鳴らした者やもぞもぞと落ち着かない様子になった者もいたので、それらには個別に睨《にら》みを入れておいた。顔を赤らめるくらいは仕方がないと許してやることにする。

気がつくとキスコールを求められていて、翔哉は仕方なく応じることにした。唇を塞《ふさ》いで身体が密着するほど強く抱き寄せて、空いていたスツールに腰かける。店内は大騒ぎだったがどうでもよかった。

怜衣を膝《ひざ》にまたがらせて、部屋での続きをするように口腔を犯していく。

「っ、ふ……ん……ぁ……」

びくびくと小さく震えるさまが愛おしい。いまだに官能の火は消えていなかったらしく、キス一つで怜衣は簡単に蕩《と》けて、ぐずぐずになってしまった。

店内はさっきまでの騒ぎが嘘のように静まりかえっている。すでに目を逸らしている者もいるようだ。見続けていたら自分の身体が非常にまずい状態になると悟ったのだろう。

キスが終わっても怜衣はとろりとしたまま、翔哉にもたれてせつなげな甘い息を吐いている。

このままいかせることは簡単だが、さすがにそれは問題がある。見せたくはないし、怜衣だって正気に返った後で羞恥《しゅうち》に耐えられないだろう。

「誰がディープキスをしろと……」

友人が呆《あき》れて呟くが、同調する者はいなかった。むしろみんなは静かに興奮状態で、口々に「ヤバい」だの「いいもの見た」だのと言っている。しゃべっているのは余裕がある連中で、黙っている連中のほうがある意味ダメージは大きかったようだ。

「知らないぞ、怜衣くんがおかずにされても」

「まぁ……俺とセットならいいか」

「おい」

ここにいる連中のことは信用している。間違っても怜衣に手を出すことはないだろう。懸想しようが想像でなにをしようが、それは仕方ない。心底そう思っているわけではないが、ここは納得するしかないだろう。

「実際に手ぇ出すんじゃねぇぞ」

抱き込んだ小さな頭に唇を寄せながら、視線で全員に確認を取る。すると次々と肯定の合図が返ってきた。

彼らのことだから、翔哉同様に怜衣のことも大事にするだろう。

「ま、よろしく頼むわ」

「それはいいけど……怜衣くんはいいのか？　大丈夫か、それ」

友人の指摘に、あらためて腕に抱く怜衣を見つめる。

目を閉じたまま白い顔を色っぽく紅潮させ、翔哉の肩にもたれているその様子は、しどけなくて可愛くて、そしていやらしい。

蕩けきったその表情に身体が反応しそうになる。

「やべぇな……」

こんな顔で甘い吐息で首筋をくすぐるなんて、もう誘っているとしか思えなかった。もちろん本人にその気がないのは知っているが。

頬に手をやると、怜衣がゆっくりと目を開けて翔哉を見た。濡れたその目で見られたら、あっけなく理性は本能に従った。

「ダメだ。悪いけど帰るわ」

怜衣と一緒に宣言をしたのだから、今日の目的はすでに達している。だったらもう好きにしてもいいはずだ。

「しょ……翔哉さん……？」

立ち上がるついでに怜衣を肩に担《かつ》ぎ、一番近くにいた友人に店のキーを渡した。あとは任せてしまえばいい。適当に盛り上がった後、片付けと施錠をして、キーは郵便受けに入れておいてくれるだろう。以前も用事で同じことをしたことがあったので問題はない。

友人は呆れ顔でキーを受け取った。

「じゃあな」

「え、えっ……」

うろたえる怜衣だが、暴れることなくおとなしくしていた。あまり力が入らないというのもあるだろうし、下手に動いたら危ないという考えもあるようだった。

「お……お疲れさまでした」

誰かがかろうじて、といった感じで声をかけてきたが、翔哉は振り返ることなく肩越しに手を振って階段を下りていく。

「どうしたの、なに……？」

エレベーターに乗り込んだところで、怜衣はようやく問いかけてきたが、翔哉は黙ってボタンを押した。ここでは答えず、部屋に戻って行動で示そうと思ったからだ。言えば抵抗をするに決まっているからだ。

されたところで翔哉はやめないし、さして苦でもないだろうが。

怜衣から見えないのをいいことにくすりと笑う。

知ったばかりの自分の本性に呆れたが、すぐに開き直った。きっと怜衣はそれでも自分を嫌わないと確信しているからだ。

初めての本気に戸惑いながらも、翔哉はそれを全力で楽しむことにした。

あとがき

初めまして、あるいはこんにちは。きたざわです。

いやー……加筆や校正をしながらここまで冷や汗が出たのは初めてでした。いろいろと猛反省しております。

というわけで、雑誌掲載時より大幅加筆しました。プラスその後の二人……の書き下ろしと、翔哉《しょうや》視点のショートでお送りいたします。

翔哉は怜衣《れい》が思ってるよりずっと心狭いし、特に人格者でもない……。

でも格好良く描いていただけたので、それでもういいんじゃないかな、と思ってみたり。木下《きのした》けい子《こ》先生、ありがとうございました。怜衣もきれいで可愛らしくて、全体的に色っぽくて嬉しいです！

ところで今回家具店なのは、少し前に私が家具店でウキウキと買いものをしていた影響です。家具店楽しいです。そしてウォールナット大好きです。胡桃《くるみ》は木も実も好き。クリームチーズに砕いた胡桃を入れてハチミツかけると美味しいっす。

以前、どうしても階段箪笥が欲しくなって、欅《けやき》の民芸階段箪笥を購入したこともありました。買った当時は私の部屋って和室だったんですけど、洋室になったいまでもドンと階

あとがき

段箪笥は置いてあります。センスがないので、違和感なくマッチしている……とは言いがたいですけども。

　書き下ろしで札幌に行っているのは、私の欲求のせいです(笑)。出来れば年一で行きたい札幌……。でも観光はもうしないです。食べるだけです。大好きなお寿司屋さんとか、スープカレーとかスープカレーとか。

　そう、私はスープカレーが好きなのです。何店か食べ歩き、あるいはお友達が送ってくれたレトルトとか何種類か食べてみて、特にエビスープ系のスープカレーが好みだとわかったので、それを重点的に攻めたい今日この頃。

　そしていつか、ししゃもを生で食べたい所存です。時期が限定されるので、なかなか機会が……。ししゃもを獲っていい時期に北海道へ行かねばならんのですよね。どこでも扱っているわけではないようですし。

　そんなささやかな野望（？）を秘めつつ、頑張っていこうかと思います。

　最後になりましたが、ここまでお付きあいくださってありがとうございました。ぜひぜひ次作でもお会いできますように。

きたざわ尋子《じんこ》

初　出

恋で せいいっぱい	2014年 リンクス7月号掲載を加筆修正
愛を めいっぱい	書き下ろし
本性	書き下ろし

LYNX ROMANCE イラストレーター募集

リンクスロマンスでは、イラストレーターを随時募集いたします。

リンクスロマンスから任意の作品を選び、作品に合わせた
模写ではないオリジナルのイラスト（下記各1点以上）を描いてご応募ください。
モノクロイラストは、新書の挿絵箇所以外でも構いませんので、
好きなシーンを選んで描いてください。

1 表紙用カラーイラスト

2 モノクロイラスト（人物全身・背景の入ったもの）

3 モノクロイラスト（人物アップ）

4 モノクロイラスト（キス・Hシーン）

募集要項

＜応募資格＞

年齢・性別・プロ・アマ問いません。

＜原稿のサイズおよび形式＞

◆Ａ４またはＢ４サイズの市販の原稿用紙を使用してください。
◆データ原稿の場合は、Photoshop（Ver.5.0 以降）形式でＣＤ－Ｒに保存し、出力見本をつけてご応募ください。

＜応募上の注意＞

◆応募イラストの元としたリンクスロマンスのタイトル、あなたの住所、氏名、ペンネーム、年齢、電話番号、メールアドレス、投稿歴、受賞歴を記載した紙を添付してください（書式自由）。
◆作品返却を希望する場合は、応募封筒の表に「返却希望」と明記し、返却希望先の住所・氏名を記入して返送分の切手を貼った返信用封筒を同封してください。

＜採用のお知らせ＞

◆採用の場合のみ、６カ月以内に編集部よりご連絡いたします。
◆選考に関するお電話やメールでのお問い合わせはご遠慮ください。

宛先

〒151-0051 東京都渋谷区千駄ヶ谷 4−9−7
株式会社　幻冬舎コミックス
「リンクスロマンス　イラストレーター募集」係

この本を読んでの
ご意見・ご感想を
お寄せ下さい。

〒151-0051
東京都渋谷区千駄ヶ谷4-9-7
(株)幻冬舎コミックス　リンクス編集部
「きたざわ尋子《じんこ》先生」係／「木下《きのした》けい子《こ》先生」係

リンクス ロマンス

恋で せいいっぱい

2014年12月31日　第1刷発行

著者……………きたざわ尋子《じんこ》
発行人…………伊藤嘉彦
発行元…………株式会社　幻冬舎コミックス
〒151-0051　東京都渋谷区千駄ヶ谷4-9-7
TEL 03-5411-6431（編集）
発売元…………株式会社　幻冬舎
〒151-0051　東京都渋谷区千駄ヶ谷4-9-7
TEL 03-5411-6222（営業）
振替00120-8-767643
印刷・製本所…株式会社　光邦
検印廃止

ISBN978-4-344-83309-8 C0293
Printed in Japan

幻冬舎コミックスホームページ　http://www.gentosha-comics.net